Arthur Zapp

Falsches Geld

Verone

Arthur Zapp

Falsches Geld

1st Edition | ISBN: 978-9-92500-157-6

Place of Publication: Nikosia, Cyprus

Erscheinungsjahr: 2016

TP Verone Publishing House Ltd.

Reproduktion des Originals in Großdruckschrift.

Falsches Geld

Kriminalroman
nach den Mitteilungen eines Kriminalkommissars

von

Arthur Zapp

Erstes Kapitel.

Heimkehr

Das Tor des Zuchthauses öffnete sich vor Lomnitz. Tief aufatmend, trat er zum ersten Male seit sechs Jahren auf die Straße hinaus als ein freier Mann. Er ging langsamen, unsicheren Schritts, ein wenig gebückt, scheu und befangen nach rechts und links spähend, und ängstlich jedem heranrollenden Gefährt aus dem Wege gehend. Das Rasseln der Wagen, das Geschrei der Kutscher und vorübereilenden Kinder, das grelle Geläut der Straßenbahnwagen betäubte ihn fast. Wie sehr, mit welch fiebernder Ungeduld hatte er sich auf diesen Tag gefreut, und nun war es fast ein bedrückendes Gefühl, das ihn erfasste.

Der alte 58 jährige Mann lächelte. Hoffentlich würde es ihm nicht allzu schwer werden, sich im Leben wieder zurecht zu finden, stand er doch nicht ganz allein, hatte er doch einen Anhalt an seinen Kindern. Es wurde dem Grübelnden warm ums Herz, und in dem ihn heiß durchschauernden Gefühl, während ihm unter dem Sturm der in ihm aufwallenden Empfindungen die Augen nass wurden, wäre er beinahe unter ein in scharfem

Tempo herankommendes Automobil geraten. Im letzten Augenblick gelang es dem Chauffeur, sein Gefährt zu stoppen. Ein heftiger Fluch schallte dem erschrocken zurückprallenden alten Manne entgegen. Als er sich auf das schützende Trottoir hinüber geflüchtet hatte, nahm Lomnitz seinen Gedankengang wieder auf. Ja, auch auf diese neumodischen, wie der Sturmwind daherbrausenden Vehikel musste er sich erst einrichten. Neugierig, voll Interesse, sah er dem wieder weitereilenden Auto nach, das ihn beinahe überfahren hätte. Gefährlich waren diese Teufelsgefährte ja für jeden Fußgänger, aber wer darin saß, für den musste es herrlich sein, wie auf Windesflügeln dahinzustürmen.

Seine Hand tastete unwillkürlich nach seiner Tasche, wo er seine Barschaft trug! Ein hübscher Betrag, den er mit hinausnahm! Volle 300 Mark! Eine Regung voll Stolz und Selbstgefühl streckte die gebeugte Gestalt, des alten Mannes straffer. Einen höheren Betrag hatte wohl vor ihm noch keiner der Entlassenen für seine Tätigkeit in der Strafanstalt mit in die Freiheit genommen; es war wohl auch noch vor ihm keinem Zuchthäusler für seine während der Haft vollbrachte Arbeit von einer Behörde eine Prämie gezahlt worden.

Als Lomnitz in dem Straßenbahnwagen Platz genommen, der ihn nach dem Vorort Lindenfeld zu seiner Tochter und seinem Schwiegersohn hinausfahren sollte, gab er sich weiteren Betrachtungen hin. Dabei verdüsterten sich seine Mienen immer mehr, und seine freudige Erregung wandelte sich in ein Gefühl der Beklemmung und der Bitterkeit. Warum waren sie nicht gekommen, warum hatten sie ihn nicht am Tor des Zucht-

hauses erwartet, um ihn zu begrüßen und zu sich hin-
auszugeleiten? Freilich – der Kopf des entlassenen
Zuchthäuslers sank tief auf die Brust hinab – mit ihm als
Vater war ja kein Staat zu machen und er musste froh
sein, dass sie ihn nicht ganz und gar verleugneten.
Musste er seiner Tochter, der braven Luise und ihrem
Manne nicht dankbar sein, dass sie ihn noch vor zwei
Monaten im Zuchthause aufgesucht und sich bereit erklärt hatten, ihn bei sich aufzunehmen? Ja, Paul Gerold,
sein Schwiegersohn, war ein Mensch von Herz und Gefühl.

Lomnitz strich sich mit der Hand über die feuchtge-
wordene Stirn, seufzte aus tiefster Brust, und quälende
Vorwürfe wurden in ihm laut. Plötzlich ballte er seine
Faust und ein Fluch stieg in ihm auf. Seine Frau war an
allem schuld. Ihre Verschwendung, ihre Putzsucht, hatte
ihn trotz seines guten Verdienstes zum ersten Mal auf
Abwege geführt. Ihretwegen hatte er sich dazu verleiten
lassen, falsches Geld anzufertigen. Zum Dank dafür hatte sie sich, als er dann ins Zuchthaus gekommen war,
von ihm scheiden lassen.

Als er aus der Strafanstalt herausgekommen war – es
waren nun acht Jahre her – hatte er kein Heim mehr gehabt. Nur ab und zu hatten ihn, den einsam lebenden
Mann, seine beiden Kinder besuchen dürfen; er hatte
keinen rechten Halt, keine Stütze gehabt, und keine
rechte Freude mehr am Leben. Seine Frau hatte sich
wieder verheiratet; er hatte sie nicht mehr wiedergese-
hen und sie hatte keinen Einfluss mehr auf ihn.

Dennoch war er zum zweiten Mal der Versuchung un-
terlegen. In den Augen des vor sich Hinstarrenden

3

glomm es auf, und wie Feuer glühte es ihm in den Adern. Es war nicht die Not, nicht nur die Habsucht gewesen, die ihn abermals auf den Weg des Verbrechens geführt. Es war wie ein Rausch über ihn gekommen, der ihn übermächtig gepackt und in seinem Bann gehalten. Er erinnerte sich noch deutlich des prickelnden Gefühls, wenn er die frischgefertigten, zwischen seinen Fingern knisternden Geldscheine vor sich gesehen, wie sie zu Dutzenden vor ihm auf dem Tische lagen, und wenn er sie seinen Vertrauensmännern, die sie unter die Leute bringen mussten, mit stolzem Selbstgefühl ausgehändigt hatte. Eine Nachempfindung der Wonne machte ihn warm, der spöttisch lächelnden Überlegenheit, des Selbstgefühls, die ihm seine Geschicklichkeit einflößte, wenn er in den Zeitungen las, wie schwer die von ihm herrührenden falschen Scheine von den echten zu unter-scheiden seien.

Lomnitz biss sich ärgerlich auf die Lippen. Zum Teufel mit diesen aufstachelnden Gedanken! Er wollte von al-ledem nichts mehr wissen. Nein, das hatte er sich wieder und immer wieder in der Einsamkeit seiner Zelle zuge-schworen, mit heißen Tränen hatte er es in schlaflosen Nächten in sein Kissen hineingeweint: Nie, nie wieder würde er sich mit verbrecherischen Dingen befassen! ...

Es war 12 Uhr mittags, als er vor dem Hause anlangte, in dem seine Tochter und ihr Mann wohnten. Mit stark pochendem Herzen stieg er die Treppe zu der im ersten Stockwerk gelegenen Wohnung hinauf, und ein zwie-spältiges, aus Scham, banger Erwartung und freudigem Sehnen gemischtes Gefühl trieb ihm heiße Schauer

durch den Leib. Die Hand, die sich nach dem Klingel-
griff ausstreckte, zitterte heftig.

Ein Dienstmädchen öffnete.

»Frau Gerold?«, fragte er mit vor Aufregung lallender
Stimme.

Das Mädchen sah den weißhaarigen Mann mit den
Bartstoppeln in dem eingefallenen, blassen Gesicht, der
schüchternen, unsicheren Haltung und dem schlottrig
sitzenden Anzug mit misstrauischen Blicken an.

»Was wollen Sie?«, fragte sie kurz und unfreundlich.

Den alten Mann packte Ärger und Unwillen.

»Ich bin Frau Gerolds Vater«, erwiderte er, sich straffer
aufrichtend.

Da trat das Mädchen bestürzt zurück, ließ ihn eintreten
und öffnete eine der in den Korridor mündenden Türen.
Langsam, während ihm die innere Bewegung die blassen Wangen leicht rötete, trat er über die Schwelle. Fast
bittend richtete er den Blick nach der lesend am Fenster
sitzenden jungen Frau.

»Luise!«

Sie fuhr mit einem leisen Aufschrei empor.

»Vater!«

Dann warf sie sich aufschluchzend in die sich ihr ent-
gegenbreitenden Arme.

»Ach, Vater, wenn du nun doch –«

Auch er konnte die Tränen nicht zurückhalten. Seine
seelische Widerstandskraft, seine Nerven, hatten während der langen, harten Zuchthaushaft schwer gelitten.

Am Halse seiner Tochter schluchzte er wie ein Kind. Endlich zog sie ihn zu einem Stuhl hin. Während er sich setzte, sah sie ihn bald liebevoll, bald kummervoll an. Wie ein Stoßseufzer kam es aus ihrer Brust herauf:

»Ach, Vater, wenn du doch –«

Ein Hustenanfall von seiner Seite unterbrach sie. Kleinmütig ließ er das Haupt auf die Brust sinken.

»Ich meinte –« verbesserte sie sich rasch, während sich eine brennende Röte über ihr Gesicht breitete, »wenn du dich nun doch bei uns fühlen würdest!«

Es drängte ihn, ihr seine guten Vorsätze zu beteuern. Aber er brachte es nicht über sich, sich vor seiner Tochter zu demütigen und von diesen peinlichen Dingen zu sprechen. So begnügte er sich, ihre Hand zu fassen und zu streicheln.

Da wurden auf einmal Kinderstimmen vor der Tür laut. Der zerknirschte alte Mann fuhr zusammen und sah fast erschrocken zu seiner Tochter empor.

»Sind das deine Kinder?«, stammelte er.

Sie nickte, und ein freudiger Glanz brach aus ihren Augen. Sie eilte zur Tür und öffnete. Ein Mädchen von etwa vier Jahren und ein etwa zwei Jahre jüngerer Knabe sprangen in das Zimmer. Als sie des alten Mannes ansichtig wurden, der sich erhoben hatte und mit feuchten Augen zu ihnen hinuntersah, standen sie betroffen still. Aber die Neugier trieb sie gleich wieder weiter.

»Ist das der – der Großpapa, Muttchen?«, fragte das kleine Mädchen.

Frau Gerold bejahte, nahm die Kinder an der Hand, und führte sie zu dem in stiller Rührung Dastehenden, der nicht wagte, sich seinen Enkeln zu nähern. Aber als die Kleine ihn anredete: »Tag, Großpapa –« und das kleine rundliche Patschhändchen nach ihm ausstreckte, da konnte er sich nicht mehr zurückhalten, da hob er beide, einen nach dem andern, zu sich empor und küsste sie.

Er hielt den Knaben noch in seinen Armen, als sich plötzlich wieder die Tür öffnete und ein Mann anfangs der Dreißig eintrat. Als er die Gruppe sah, zogen sich seine Augenbrauen unwillkürlich zusammen und ein peinliches Zucken lief über sein Gesicht. Er räusperte sich laut. Sogleich ließ der alte Mann den Knaben aus seinen Armen auf den Boden gleiten und sah erschrocken nach dem jungen Mann hin. So standen sich die beiden Männer ein paar Sekunden lang schweigend gegenüber – der Alte bleich, mit niedergeschlagenen Augen, in unsicherer, in sich zusammengesunkener Haltung, der Jüngere zaudernd, mit einem sichtlichen Unbehagen und innerem Widerstreben kämpfend. Endlich trat er dem andern ein paar Schritte entgegen.

»Na, da bist du ja, Va–ter!«, sagte Paul Gerold, sich zu einem freundlich-aufmunternden Tone zwingend, nachdem er dem bittenden Blick seiner Frau begegnet war.

Noch ein kurzer Kampf mit sich, dann bot er dem Alten, der hastig Zugriff, die Hand ...

Erst drei Tage später erschien sein Sohn. Er begrüßte den Heimgekehrten kalt, frostig und reichte ihm nur flüchtig die Hand. Nachdem er ein paar Fragen über sein Befinden an ihn gerichtet, erklärte er hastig, in geschäftlichem Tone:

»Du bleibst also bei Paul und Luise. Ich zahle einen Teil der Unterhaltungskosten. Wir wünschen nicht, dass du dich um einen Erwerb bemühst, hörst du! Erstens fürchten wir die Erkundigungen, die man womöglich bei uns über dich einziehen könnte, zweitens könntest du da wieder Gelegenheit haben – ich meine, der Versuchung ausgesetzt sein –«

Dem alten Manne war, als wenn ihm Keulenschläge auf den Kopf verabfolgt würden, wie betäubt saß er da, schwer atmend. Er hatte die Empfindung, als wenn ihm das Herz stückweise aus der Brust gerissen würde. Die Lippen fest zusammenkneifend, starrte er schweigend vor sich hin.

»Franz!«, sagte Frau Gerold, die mit ihrem Mann im Zimmer war, bittend und mahnend.

Der junge Mann aber zuckte mit den Schultern.

»Ja, es hilft doch nicht –«, erwiderte er halb entschuldigend, halb ärgerlich: »Wir müssen doch ins Klare kommen, so peinlich das auch alles ist. Und da ist es besser, wir erledigen das Unvermeidliche lieber gleich, ehe sich ein *faux pas* ereignet. Also, Vater, ich möchte nicht, dass du zu mir kommst, wenigstens vorläufig nicht, hörst du! Du weißt, dass ich verheiratet bin. Mein Schwiegervater ist der Fabrikbesitzer Schubert – eine sehr wohlhabende Familie. Die dürfen um Himmelswillen nicht erfahren, dass mein Vater – na ja, und deshalb möchte ich nicht, dass du fürs erste mit der Familie zusammentriffst. Es könnte dir mal ein unbedachtes Wort herausfahren.«

Der alte Lomnitz war wie im Fieber; er strich sich mit der zitternden Hand über die schweißbedeckte Stirn. Er litt innerlich Höllenqualen, und wenn er in diesem Augenblick wieder in das ruhige, stille Zuchthaus versetzt worden wäre, hätte er es wie eine Wohltat empfunden.

»Aber Klara?«, wandte Luise Gerold ein. »Wenn sie nun einmal herauskommt!«

»Ich werde eben dafür sorgen, dass sie vorläufig nicht kommt.«

Und sich wieder zu seinem Vater wendend, fuhr der Sprechende fort: »Ich habe den Verwandten meiner Frau seinerzeit erzählt, dass du nach Amerika ausgewandert wärst – der unglücklichen Ehe mit unserer verstorbenen Mutter wegen – und dass wir deine Adresse nicht wüssten. Wenn du dich erst wieder in die neuen Verhältnisse geschickt haben wirst, werde ich sagen, dass du plötzlich heimgekehrt, dass du wieder da bist.«

Franz Lomnitz bemühte sich, seiner Stimme einen freundlichen, jovialen Ton zu geben.

»Na, ist es nicht so für alle Teile am besten?«

Den alten Mann packte der Impuls, aufzuspringen, den vor ihm Auf- und Abgehenden an der Gurgel zu packen und aus Leibeskräften zu schütteln. Aber diese Anwandlung wich ebenso rasch, wie sie gekommen. Das Zuchthausleben hatte seine Tatkraft gebrochen und ihn körperlich wie seelisch zermürbt. So begnügte er sich, resigniert, ergeben mit dem Kopf zu nicken.

Am Abend, als er in dem Kämmerchen, das ihm zum Schlafen angewiesen worden war, saß, sann er lange vor sich hin. Die Vergangenheit lebte vor ihm auf. Wie stolz, wie unsagbar glücklich war er gewesen, als er vor 27 Jahren den Erstgeborenen zum ersten Mal auf seinem Arm gehalten! Sorgsam, voll inniger Liebe hatte er seine Kindheit behütet, und als die schweren Kinderkrankheiten kamen, hatte er manche Nacht an dem Bettchen seines Sohnes voll Angst und Sorge durchwacht. Keine Kosten hatte er gescheut, um ihn das Gymnasium besuchen und ihn nach Erlangung des Einjährig-Freiwilligenzeugnisses in einem Engrosgeschäft lernen zu lassen. Und nun – nun empfand ihn sein Sohn wie eine peinliche Last, wie eine unbequeme Fessel, und am liebsten wäre es dem Hochmütigen wohl gewesen, wenn ihn der Tod von seinem Vater befreit hätte.

Der alte, einsame Mann vergrub sein Gesicht in beide Hände und weinte bitterlich ...

Fast jeder Tag brachte neue Demütigungen. So oft ein Besuch von dem Dienstmädchen angemeldet wurde, musste er sich in seine Kammer flüchten, war es hierzu zu spät, so saß er mit gesenkten Blicken, schweigsam, während sich das Gespräch der anderen mühsam hinschleppte. Er bemerkte wohl, dass ihn die Besucher, die seine Vergangenheit kannten, verstohlen, halb neugierig, halb mit stillem Grauen anschauten, etwa, wie man im Zoologischen Garten die im Käfig verwahrten wilden Tiere betrachtet. Selbst die Unterhaltung mit den Kindern, deren Liebe er so gern nach der langen Zeit des Entbehrens gewonnen und denen er alle seine weicheren, wärmeren Empfindungen seines noch nicht ganz verdorrten Herzens widmete, führte peinliche Situationen herbei. Auch den Kindern war gesagt worden, dass der Großpapa aus Amerika gekommen wäre, und nun drang das kleine Mädchen mit der unstillbaren Wissbegierde der Kinder in ihn, von dem fernen Wunderlande zu erzählen. So sehr er auch seine Fantasie anstrengte und alles, was er von Amerika gehört oder gelesen hatte, aufbot, um die Neugierde der Kinder zu befriedigen, es kamen doch Fragen vor, die ihn in Verlegenheit setzten und die auch seiner Tochter und seinem Schwiegersohn Unbehagen bereiteten. –

Eines Tages trat die Katastrophe ein, die unter diesen Umständen kaum zu vermeiden war. Es war des Mittags, die Familie saß gerade beim Essen, als das Dienstmädchen mit allen Zeichen der Entrüstung und des Abscheus in das Zimmer trat.

»Da ist ein Mann draußen, Herr Lomnitz«, meldete sie, »der Sie durchaus sprechen will und sich nicht abweisen lässt.«

Während das junge Ehepaar, peinlich berührt, aufblickte, stotterte der alte Mann verstört: »Wie heißt er denn?«

»Kerner. Er sagt, sie seien alte Freunde.«

Lomnitz fuhr erschrocken in die Höhe und machte eine abwehrende Handbewegung. Aber in diesem Augenblick öffnete sich die Tür und ein reduziert gekleideter Mensch in mittleren Jahren, der einen penetranten Fuselgeruch ausströmte, trat über die Schwelle.

Er dienerte höflich.

»Verzeihen die Herrschaften, dass ich mit der Tür ins Haus falle. Aber ich wollte doch meinem lieben guten Freund Karl ›Guten Tag‹ sagen. Ja, ja –«

Er trat mit sicherer, dreister Bewegung näher und sah mit funkelnden, begehrlichen Blicken auf die auf dem Tisch stehenden Speisen.

»Dir geht's gut, Alter. Wer's auch so haben könnte!«

Er schnupperte hörbar mit der Nase.

»Ich habe seit drei Tagen keinen warmen Löffelstiel im Leibe gehabt.«

Frau Luise rang stöhnend die Hände, während die neben ihr sitzenden Kinder sich furchtsam an sie schmiegten.

Der Hausherr sprang zornig erregt auf die Füße.

»Herr Lomnitz wünscht Ihren Besuch nicht«, sagte er in schroffem, befehlendem Tone und bedeutete zugleich dem Dienstmädchen, das mit weit aufgerissenen Augen, in schlecht verhehlter Neugier die Szene beobachtete, zu gehen. Dann wandte er sich wieder an den ungebetenen Gast, der nicht die geringste Miene machte, sich zu entfernen: »Hören Sie, wir möchten jetzt nicht gestört sein.«

Der Besucher machte eine beschwichtigende Handbewegung: »Ja, ja, gleich; ich darf doch meinen alten Freund begrüßen.«

Er hielt dem alten Lomnitz seine schmierige Hand hin, in die dieser zögernd die Seine legte. Kerner schüttelte die Hand des ehemaligen Genossen kräftig.

»Es freut mich, Karl, dass du hier so schön in der Wolle sitzest.«

Er beugte sich über den Tisch und schnupperte wieder vernehmlich. »Kalbskoteletts!« Dann lachte er und schlug dem in fürchterlicher Beklommenheit dasitzenden alten Mann auf die Schulter: »Was, Karl, das schmeckt besser als ›blauer Heinrich‹ Hafergrütze und ›Galgenvögel‹. Rüben.«

Da konnte sich der aufs äußerste erzürnte und voll Ekel erfüllte Hausherr nicht länger beherrschen.

»Wollen Sie uns nun endlich in Ruhe lassen!« brauste er auf. Er wies mit der ausgestreckten Hand gebieterisch nach der Tür.

Aber nun spielte auch der ehemalige Zuchthäusler den Beleidigten, Entrüsteten.

»So? Na, dann will ich Ihnen nur sagen, dass Ihr Schwiegervater auch nichts bessres ist als ich.«

Paul Gerold machte Miene, sich auf den Eindringling zu stürzen, aber seine Frau wehrte ihn mit bittenden Gebärden ab. Zugleich drückte sie den ehemaligen Zuchthausgenossen ihres Vaters ein Zweimarkstück, das sie ihrem Portemonnaie entnommen hatte, in die Hand.

Kerner schmunzelte vergnügt. Das war es, was er bezweckt hatte.

»Schönen Dank! Na, dann adjes! Karl, halte dich! So fein triffst du es nie wieder.«

Er stampfte hinaus. Paul Gerold eilte zum Fenster und riss beide Flügel weit auf. Die eingeängstigten Kinder hoben ihre Gesichter.

»Was wollte denn der böse Mann von dir, Großpapa?«, fragte das kleine Mädchen.

Der Angeredete stöhnte. Der Hausherr aber, noch aufs Tiefste empört, schalt zornig, mit wütendem Blick auf seinen Schwiegervater: »Solch ein Kerl! Solch ein frecher Kerl! Das muss man sich in seiner Wohnung gefallen lassen.« Und mit vernichtendem Sarkasmus fügte er hinzu: »Hast du noch mehr so gute Freunde?«

Der alte Lomnitz erhob sich von seinem Sitz und schlich sich still in seine Kammer. Er konnte nicht einmal eine ehrliche Entrüstung gegen den Störenfried bei sich aufbringen, wahrscheinlich ging es ihm schlecht, und wer Not litt, der war natürlich nicht wählerisch in den Mitteln, seinen Hunger zu stillen.

Lomnitz wusste nicht, wie lange er sich so seinen niederziehenden Gedanken hingegeben hatte, als die Tür aufging und sein Schwiegersohn eintrat. Paul Gerold war noch immer zornrot im Gesicht.

»Du wirst einsehen«, begann er ohne Weiteres, vor dem mit gebeugtem Rücken Dasitzenden stehen bleibend, »dass wir uns der Wiederholung einer solchen Szene nicht aussetzen können, schon der Kinder und des Dienstmädchens wegen. Ich hatte es gut mit dir im Sinn, das wirst du anerkennen müssen. Aber das geht über meine Kräfte, wir können uns nicht alle in das Schicksal, das du dir ja selber bereitet hast, hineinziehen lassen. Ich sehe ein, dass es von vornherein eine unglückliche Idee war, dich hier in dem kleinen Vorort beherbergen zu wollen. Du tust am besten, in der großen Stadt unterzutauchen. Da kennt dich niemand und da wirst du dich auch vor den Besuchen deiner ehemaligen Freunde« – bitterer Sarkasmus klang in der Stimme des Sprechenden – »verbergen können. Du kannst nicht verlangen, dass ich meine Wohnung zum Tummelplatz dreister Schnapsbrüder und Zuchthäusler« – der alte Mann zuckte wie unter einem Rutenstreich zusammen – »machen lasse. Also, wie gesagt: Es dürfte für uns alle das Beste sein, dass du in die Stadt ziehst. Franz und ich werden für dich sorgen. Da nimm! Für die Monatsmiete und die ersten Ausgaben wird es genügen.«

Er legte drei Zwanzigmarkstücke auf den Nachttisch des stumm und regungslos Dasitzenden.

»Wir werden natürlich hin und wieder nach dir sehen. Ich muss nun ins Geschäft. Adieu, also! Wenn ich am Abend zurückkomme, wirst du wohl nicht mehr da sein.«

Er reichte dem alten Mann die Hand. An der Tür drehte er sich noch einmal um.

»Du, was ich noch sagen wollte: Mach' keine Dummheiten wieder! Soviel Rücksicht dürfen wir wohl von dir beanspruchen.«

Als sich die Tür hinter dem Davongehenden geschlossen hatte, lachte der alte Mann bitter auf. Jawohl, soviel Rücksichtnahme schuldete er seinen Kindern wohl, dass er nicht wieder die Öffentlichkeit mit seinen Schandtaten beschäftigte, wenn sie auch mit ihm nichts mehr zu tun haben wollten, sie fütterten ihn doch aus zärtlicher Besorgnis, dass er sonst wieder auf Abwege geraten und ihnen Schaden bereiten könnte.

Wieder klang das Lachen des Einsamen grell durch das kleine Zimmer. Mit heftiger Gebärde erfasste er die blanken Goldstücke, aber die erhobene Hand sank auf halbem Wege wieder herab und er schob das Geld in die Tasche. Dann packte er seinen Koffer.

Eine halbe Stunde später ging er in das Wohnzimmer hinüber. Als er von seiner Tochter Abschied nahm, bemerkte er wohl, dass es auch über sie wie ein Aufatmen kam, obwohl sie sich die nassen Augen wischte. Auch die Kinder umdrängten ihn mit glänzenden Mienen.

»Du, Großpapa, fährst du nun wieder nach Amerika? Dann bringe mir doch einen kleinen Neger mit, wenn du wiederkommst.«

Er nickte. Als er wieder mit seinem kleinen Handkoffer, der seine wenigen Habseligkeiten barg, auf die Straße hinaustrat, war es öde und leer in ihm. Es war ihm zumute, wie jemand, der niemand Liebes mehr auf der Welt hat, der allein in das kalte, feindliche Leben hinaustritt, allem Unbill, allen Kämpfen schutzlos preisgegeben.

Zweites Kapitel.

Falsche Fünfmarkscheine

Es war ein halbes Jahr später. Kriminalkommissar Weigand betrat das Büro seines Vorgesetzten, des Chefs der Kriminalpolizei. Er verbeugte sich und blieb ein paar Schritte vor der Schwelle stehen, erwartungsvoll zu dem Regierungsrat hinüberblickend, der ihn zu sich hatte rufen lassen. Was würde es geben, fragte er sich im Stillen, einen Verweis oder eine neue dienstliche Instruktion?

Aber das Gesicht des Gestrengen strahlte lediglich in freundlichem Wohlwollen. Er deutete einladend auf einen der um den großen runden Tisch inmitten des Zimmers stehenden Stühle.

»Guten Morgen, Herr Weigand. Setzen Sie sich, bitte. Ich habe etwas besonders für Sie.«

Der Kriminalkommissar folgte der Einladung und horchte hoch auf. Seine Neugier fachte sich lebhaft an.

»Sehen Sie mal da!«

Der Chef nahm von seinem Schreibtisch eine Handvoll Geldscheine und reichte sie dem interessiert Zugreifenden.

»Fällt Ihnen an den Dingern was auf?«, fragte der Chef.

Weigand witterte als älterer, erfahrener Kriminalist sogleich ein Verbrechen, das verfolgt werden sollte, und wenn auch Falschmünzer-Delikte nicht zu seinem Ressort gehörten, so vertiefte er sich doch sogleich voll Eifer in die genaue Prüfung der ihm gereichten Scheine, die aller Wahrscheinlichkeit nach Falsifikate waren. Das bemerkte er sofort, dass die Banknoten von einer geschickten, geübten Hand hergestellt waren. Während der ersten Minuten konnte er auch nicht das geringste Zeichen erspähen, was auf eine verbrecherische Nachahmung echter Scheine hingedeutet hätte.

»Famos gemacht!«, flüsterte er, ohne den noch immer gespannt auf den Scheinen ruhenden Blick zu erheben.

Der Chef nickte.

»Allerdings! Aber vergleichen Sie einmal die Schraffierung auf den Scheinen mit diesem hier!«

Er reichte dem Untergebenen einen Fünfmarkschein, den er aus seinem Portemonnaie genommen hatte. Der

Kommissar versenkte sich angelegentlich in die Vergleichung des echten Scheins und der Falsifikate.

»Die blaue Schraffierung ist etwas zu dunkel auf dem falschen Scheine«, erwiderte er endlich.

»Ganz recht. Und nun sehen Sie einmal die Zahlen auf dem Falsifikate an!«

Der Kommissar tat, wie ihm geheißen; schon nach wenigen Sekunden wusste er, worum es sich handelte.

»Sie haben alle die Buchstaben *A* und *B*«, sagte er, »und auf allen wiederholen sich die vier Zahlen 0459. Hier auf diesem Schein befindet sich die Nummer 4905, auf jenem da die Nummer 5049 und auf dem dort 9054.«

Ein zufriedenes Lächeln schwebte um die Lippen des Chefs.

»Sehr gut! Ich freue mich, dass Ihr bewährter Scharfsinn Sie auch auf dem Ihnen fremden Gebiete nicht im Stich lässt.«

Des Kommissars Gesicht rötete sich vor Freude. Er ahnte, worauf diese Worte und diese ganze Vorladung vor seinen Chef hinausliefen. Seine Mienen nahmen einen Ausdruck starker Spannung an, und erwartungsvoll sahen seine Augen zu dem wohlwollenden Vorgesetzten hinüber.

»Also, um es kurz zu machen, lieber Weigand, ich habe die Absicht, Ihnen die Erforschung dieses Münzverbrechens da zu übertragen. Ihr eigentliches Ressort: Die Mord- und Einbruchsachen werden Ihnen genügend Zeit dafür lassen.«

Der Kommissar reckte sich straff.

»Gewiss, Herr Regierungsrat. Gerade in meinem Ressort treten zu viele Pausen ein; in den letzten Wochen hat überhaupt nichts Besonderes vorgelegen.«

Der Chef nickte.

»Jawohl, und deshalb habe ich auch an Sie gedacht. Der Hauptgrund ist aber, dass ich ein großes Vertrauen in Sie setze, Sie haben in den Jahren, in denen ich der Kriminalpolizei vorstehe, so überzeugende Proben Ihres Pflichteifers und zugleich Ihrer eminenten Findigkeit und Geschicklichkeit abgelegt, dass ich hoffe, auch diese, wie es scheint, sehr schwierige Sache, wird Ihnen gelingen.«

Der Kommissar verneigte sich dankend.

»Herr Regierungsrat sind sehr gütig.«

»Nein, lieber Weigand«, erwiderte der Vorgesetzte liebenswürdig, »ich konstatiere nur eine Tatsache, Sie haben unter Ihren Kollegen die meisten Erfolge aufzuweisen. Deshalb habe ich Ihnen auch das schwierigste und gefährlichste Ressort anvertraut. Was nun die Fälschungssache anbetrifft, so kommt Ihr Kollege Melzer nicht von der Stelle damit, und die Sache fängt an, mich nervös zu machen. Die Anzeigen mehren sich. Es hat sich schon ein ganzer Haufe falscher Scheine angesammelt. Das darf nicht so weiter gehen.«

Er erhob sich und trat näher an den aufspringenden Kommissar heran.

»Also die Sache ist abgemacht. Ich werde Melzer anweisen, Ihnen die Angelegenheit zu übergeben. Und nun viel Glück, lieber Weigand! Ich hoffe, bald Gutes von Ihnen zu hören.«

Er reichte dem vor ihm Stehenden die Hand, nickte ihm freundlich zu und kehrte, während sich der Kommissar eilig entfernte, an seinen Schreibtisch zurück.

Auf Weigands Eifer und Ehrgeiz hatten die Worte seines Chefs und der außergewöhnliche Auftrag stark anfeuernd gewirkt und noch an demselben Tage sah er die Akten ein, die sich auf frühere Fälle von Münzverbrechen bezogen. Das war seit Langem seine Praxis, dass er bei jedem Kapitalverbrechen sich über bereits abgeurteilte ähnliche Fälle orientierte; denn in der Regel erwies sich, dass fast alle Verbrecher rückfällig werden und sich immer wieder in dem Spezialgebiet, das sie sich erkoren und in dem sie sich Übung und Erfahrung angeeignet haben, zu betätigen pflegen. Natürlich, wovon sollten sie sich auch sonst ernähren? Zu jeder anhaltenden, regelmäßigen Arbeit waren sie untauglich, abgesehen davon, dass ihnen ja infolge ihrer Vergangenheit die Erlangung eines anständigen Gewerbes ungemein erschwert wurde.

Unter den Falschmünzern, deren Straftaten der Kriminalkommissar Weigand in den Akten aufgezeichnet fand, ragten zwei hervor, die allein bei der ihm übertragenen Strafsache in Betracht kommen konnten. Das waren ein ehemaliger Graveur namens Hoffmann und der Kupferstecher Lomnitz. Beide hatten wegen Herstellung falschen Papiergeldes lange Zuchthausstrafen erlitten, und beide hatten bei ihrer Arbeit große Geschicklichkeit an den Tag gelegt. Die Nachforschungen der nächsten Tage ergaben, dass beide zurzeit in sorglosen Verhältnissen lebten und also nicht nötig hatten, sich ihrer Existenzmittel auf dem Wege eines so schweren und mit so harter Strafe zu ahndenden Verbrechens zu beschaffen. Der erstere war Inhaber eines Porzellangeschäfts und der andere lebte von den Unterstützungen seines Sohnes und seines Schwiegersohnes, die beide als Kompagnons ein gut gehendes Engrosgeschäft betrieben. Allem Anschein nach rührten also die falschen Fünfmarkscheine nicht von diesen ehemaligen Zuchthäuslern her. Dennoch beschloss der erfahrene, mit allen Möglichkeiten rechnende Kriminalbeamte, Lomnitz und Hoffmann sorgfältig beobachten zu lassen. Er übertrug die Observation je einem Kriminalschutzmann und einem Vigilanten. Gerade zurzeit verfügte er über zwei geschickte Vigilanten, beide ehemalige Verbrecher, die auch eine gute Schulbildung besaßen. Solche Vigilanten, die am zweckmäßigsten aus den Kreisen ehemaliger Zuchthäusler genommen wurden, konnte ein Kriminalkommissar kaum entbehren, und je schwerere, längere Strafen ein Vigilant erlitten hatte, desto brauchbarer pflegte er sich zu erweisen. Freilich, seine Vergangenheit konnte auch der Vigilant nicht ganz vergessen und in den meisten Fällen wurde er wieder rückfällig.

Von den beiden Vigilanten, die sich seit einiger Zeit dem Kriminalkommissar Weigand zur Verfügung gestellt hatten, war der eine – Licht – ein früherer Buchhalter gewesen, der sich wiederholt Wechselfälschungen hatte zuschulden kommen lassen. Der andere – Kerner – hatte als Bürovorsteher bei einem Rechtsanwalt gearbeitet und hatte hier Unterschlagungen und Urkundenfälschungen begangen.

In der Verbrecherwelt war er unter dem Spitznamen der »Assessor« bekannt, weil er das Anfertigen von Briefen und Schriftstücken für seine »Klienten« besorgte und sie über juristische Fragen, die für sie von Interesse waren, belehrte.

Die Ermittlungen, die der Kriminalkommissar Weigand weiter anstellte, ergaben, dass bei dem Münzverbrechen, dessen Aufklärung ihm übertragen worden war, Neulinge kaum in Betracht kommen konnten, denn die Art und Weise, wie die falschen Fünfmarkscheine verausgabt wurden, bewies, dass hier gewiegte, erfahrene Verbrecher ihre Hand im Spiele hatten. Die Falsifikate wurden in den verschiedensten Stadtgegenden, zumeist in halbdunklen Kellerlokalen, in Grünkramgeschäften, Herings- und Kartoffelkellern, kleinen Materialwarenhandlungen usw. in Zahlung gegeben. Dazu kam, dass die Vertreiber der falschen Scheine in der Regel die Dämmerstunde benutzten, während welcher von den sparsamen Kleinhändlern Licht noch nicht angezündet war, wodurch natürlich die Prüfung der Scheine noch mehr erschwert wurde.

Ferner stellte der Kommissar fest, dass von den Verausgebern der gefälschten Geldscheine immer solche Läden ausgewählt wurden, in denen nur ein Verkäufer anwesend war, sodass bei etwaigem Verdacht des Wechselnden der Verbrecher leichter die Flucht ergreifen konnte. Alles dies bewies, dass an der Spitze des verbrecherischen Unternehmens eine Persönlichkeit stand, die mit großer Vorsicht und Schlauheit operierte und die geeignete Maßregeln zu treffen verstand, um einer Verfolgung zu entgehen.

Der Kommissar sagte sich, dass es nicht leicht sein werde, die ihm von seinem Chef gestellte Aufgabe zu erfüllen; dass es aber fast ein ganzes Jahr dauern werde, bis er das Münzverbrechen in allen seinen Einzelheiten aufgeklärt und die beteiligten Schuldigen ermittelt und dingfest gemacht haben würde, ahnte er freilich damals noch nicht.

Dem Kriminalschutzmann, der den ehemaligen Graveur Hoffmann beobachtete, gab er den Vigilanten Kerner bei, den »Assessor«, während Licht bei den Observationen von Lomnitz tätig war. Die Vergangenheit des Letzteren, über die sich Weigand aus den Akten genau orientierte, war eine bei einem Zuchthäusler ungewöhnliche und interessante. Lomnitz war in seinem Fach ein hervorragend befähigter, tüchtiger Arbeiter, der sich als Kupferstecher wohl eine behagliche Existenz hätte schaffen können, wenn nicht ein verbrecherischer Trieb in ihm gesteckt hätte. Während seiner Haft hatte er für den Generalstab Stiche und Platten angefertigt, und auch während der Verbüßung seiner letzten, auf sechs Jahre lautenden Zuchthausstrafe, war er für die Militärverwaltung tätig gewesen. Er hatte einen Distanzmesser für die Artillerie konstruiert, der sich als so wertvoll erwies, dass ihm dafür vom Kriegsministerium eine Prämie von 200 Mark gezahlt worden war.

Die Beobachtung von Hoffmann ergab nichts Verdächtiges; der Mann hatte Frau und Kinder und schien mit seiner verbrecherischen Vergangenheit vollständig gebrochen zu haben.

Auch die Observationen des Lomnitz brachten nicht den geringsten Anhalt, der auf eine verbrecherische Tätigkeit hätte schließen lassen.

Der Kriminalschutzmann und der ihm beigegebene Vigilant überzeugten sich, dass der alte Mann ein stilles, regelmäßiges Leben führte und keine Besuche außer seiner Tochter und seinem Schwiegersohn empfing. Er pflegte täglich ein Stündchen spazieren zu gehen und gegen Abend in einer nahen Restauration ein Gläschen Bier zu trinken. Die übrige Zeit vertrieb er sich in dem von ihm gemieteten möblierten Zimmer wahrscheinlich mit Lektüre. Seine bescheidenen Ausgaben bestritten, wie es schien, lediglich seine Verwandten. –

Inzwischen schien zur großen Verwunderung Weigands eine Pause in der Anfertigung und Verausgabung der falschen Fünfmarkscheine eingetreten zu sein. Schon seit Wochen war keine Anzeige mehr erstattet worden.

Was hatte das zu bedeuten? Hatten die Falschmünzer und ihre Spießgesellen ihre Arbeit eingestellt oder hatten sie die Mängel ihres Fabrikats erkannt und waren sie nun an der Arbeit, die Fehler zu beseitigen und ein neues, vollkommeneres Falsifikat herzustellen? Mit großer Spannung erwartete er die Verausgabung der zweiten Serie der Falsifikate.

Da, eines Morgens, erschien der Kriminalschutzmann, dem die Beobachtung des Lomnitz oblag, mit verstörten Mienen in seinem Büro.

»Lomnitz ist fort, Herr Kommissar!« Weigand erschrak nicht wenig.

»Fort? Wieso fort?«, fragte er streng, mit gerunzelter Stirn.

»Mich trifft keine Schuld, Herr Kommissar –», entschuldigte sich der Unterbeamte, noch bevor ihm ein

Vorwurf gemacht worden war. »Gestern Abend hat mich Licht abgelöst, aber wahrscheinlich hat er seinen Posten vorzeitig verlassen.«

Der Kommissar ballte im Stillen seine Faust.

»Der Halunke!«, entfuhr es ihm unwillkürlich.

»Als ich heute Vormittag vor dem Hause erschien –«, fuhr der Schutzmann in seinem Bericht fort –, »sah ich zu meinem Schrecken, dass die Wirtin des Lomnitz eine Papptafel an der Haustür befestigte: Möbliertes Zimmer zu vermieten!«

Kommissar Weigand machte eine heftige Bewegung.

»Verdammt! Und Sie wissen nicht, wohin er gezogen ist?«

»Nein, Herr Kommissar! Alle meine Nachforschungen, die ich selbstverständlich sofort anstellte, haben noch nicht die mindeste Spur ergeben.«

Der Kommissar biss sich zornig auf die Lippen.

»Berichten Sie –!« gebot er kurz.

»Ich machte mich natürlich sofort an die Frau heran und verwickelte sie in ein Gespräch. Unauffällig ließ ich die Frage einfließen, ob denn der nette, alte Herr, den ich gelegentlich in der Kneipe kennengelernt hätte, nicht mehr bei ihr wohne. Die Frau verneinte. Es sei sehr schade, meinte sie, denn er sei ein so ruhiger, anständiger Mann gewesen, der seine Miete stets pünktlich bezahlt habe. Nun sei er ganz unbegreiflicherweise Knall und Fall davongegangen, ohne zu kündigen, und ohne ein Wort zu sagen. In der Nacht müsse er sich mit seinem Handkoffer leise davon geschlichen haben, denn sie habe nicht das Geringste wahrgenommen. Erst am Morgen, als sie ihm den Kaffee habe bringen wollen, habe sie gesehen, dass der Vogel ausgeflogen sei. Was den anständigen, gebildeten, alten Herrn veranlasst haben könne, unerwartet, mit französischem Abschied zu verschwinden, könne sie gar nicht begreifen –«

»Aber ich kann mir's denken,« fiel der Kommissar ein.

»Verdammt! ... Na, weiter! –«

»Ich hoffte zunächst, dass ich den Verschwundenen bei seinen Kindern wiederfinden würde, und fuhr deshalb sofort nach Lindenfeld hinaus, aber sowohl Frau Gerold, Lomnitz' Tochter, sowie ihr Mann waren ebenso erschrocken wie ich. Sie hatten nicht die mindeste Ahnung, dass der Alte einen Wechsel seiner Wohnung beabsichtigt hatte.«

Dem Kommissar war bei dem Bericht ganz heiß geworden.

»Was sagten sie nun dazu?« forschte er, mit Spannung die Antwort erwartend.

Der Schutzmann zeigte eine betretene Miene und antwortete kleinlaut: »Die Frau weinte, und auch Herr Gerold rang die Hände. Der Unglücksmensch! Jammerte er ein über das andere Mal.«

Kommissar Weigand nickte grimmig.

»Da haben wir die Bescherung. Na, und der Sohn?«

In des Kriminalschutzmanns respektvollen, militärisch-ernsten Mienen erschien ein unwirscher Ausdruck.

»Der war, als ich ihn nach der Nachforschung bei Gerolds aufsuchte, sehr kurz angebunden. Ich will ein für alle Mal mit der Sache nicht behelligt werden – erklärte er ärgerlich von oben herab. Ich habe mit diesem Herrn – damit meinte er seinen Vater – nichts zu schaffen, und kümmere mich nicht darum, wo er sich aufhält. Das war alles ...« Als der Schutzmann gegangen war, sann der Kommissar Weigand über diese neue Wendung in der Falschmünzersache nach. Dass Lomnitz seine Hand im Spiele hatte, war durch sein rätselhaftes Verschwinden fast zur Gewissheit geworden. Nun war guter Rat teuer. Nirgends eine Handhabe, bei der man ansetzen, auf der man weitere Maßregeln und Nachforschungen aufbauen konnte. Es half auch nichts, dass er selbst die ehemalige Wirtin des Lomnitz und seine beiden Kinder aufsuchte, um die Angaben des Schutzmannes noch genau nach-zuprüfen.

Auch die eingehende Durchforschung des Zimmers, das Lomnitz bewohnt hatte, ergab nicht das Mindeste Resultat. Wenn der ehemalige Zuchthäusler wirklich die Herstellung neuer falscher Geldscheine vorbereitet hat-te, so hatte er es meisterlich verstanden, jede Spur davon auch für das geübteste und schärfste Auge gründlich zu verwischen.

Drittes Kapitel.

Endlich eine Spur

An jedem Morgen begab sich Kommissar Weigand mit neuer Spannung nach dem Polizeipräsidium in sein Bü-ro; jeder neuen Meldung eines seiner Untergebenen sah er mit fiebernder Erwartung entgegen. Aber keine einzi-ge Meldung betraf die Falschmünzerangelegenheit, in

27

der er allem Anschein nach zu keinem Erfolg gelangen sollte. Vor seinem Vorgesetzten, dem Regierungsrat, begann er sich zu schämen, und es bereitete ihm jedes Mal ein förmliches Unbehagen, so oft er ihm begegnete oder Vortrag zu halten hatte. In seinen Blicken glaubte er, die stereotype stille Frage zu lesen: Immer noch nichts? So vergingen volle drei Monate. Schon neigte er zu der Annahme, dass Lomnitz die Sache aufgegeben und die Stadt verlassen habe, um wahrscheinlich mit dem Gelde, das ihm die bereits abgesetzten Falsifikate eingebracht hatten, nach Amerika auszuwandern. Da, mit einem Mal, tauchten wieder falsche Fünfmarkscheine auf. Es war gerade so wie früher: In den verschiedenen Stadtteilen waren, in kleinen, meist Kellergeschäften, falsche Fünfmarkscheine in Zahlung gegeben worden, und zwar fast immer in der Dämmerstunde. Diese charakteristischen Umstände waren wohl als ein Beweis dafür anzusehen, dass dieselben Persönlichkeiten, wie früher, auch das neue verbrecherische Unternehmen leiteten. Der Unterschied war nur der, dass die Farbe der neuen Falsifikate nicht zu dunkel, sondern um eine Nuance zu hell war, und dass sie diesmal statt der Buchstaben A und B abwechselnd die Lettern C und D und die Zahlen 0246 in verschiedener Reihenfolge trugen. In Kriminalkommissar Weigand flammte der alte Jagdeifer des passionierten Kriminalisten auf; alle ihm innewohnende Energie wurde durch die fast täglichen Anzeigen angefacht. Er legte das Gelübde bei sich ab, nicht zu ruhen und zu rasten, bis er die Täter aufgespürt und den ganzen Apparat, lebendes und totes Material, mit dem sie arbeiteten, entdeckt und unschädlich gemacht haben würde. Sofort traf er seine Maßregeln. Er ließ die Merkmale, durch welche die Falsifikate sich von den echten Scheinen unterschieden, einer großen Anzahl kleiner Geschäftsleute mitteilen und ersuchte sie dringend, jeden Verausgaber solcher falschen Fünfmarkscheine festzunehmen und dem nächsten Polizeibüro zuzuführen. –

Freilich, es vergingen wieder fast drei Monate, ohne dass diese Maßnahmen den gewünschten Erfolg zeitigten; endlich aber kam doch der Tag, der den ersten festen Anhaltspunkt zur Aufklärung des bisher von einem dichten Schleier umgebenen Falschmünzerverbrechens brachte. Weigand hatte am Abend eines der ersten Oktobertage die schwere Obliegenheit eines Kommissars du jour zu versehen, die jedem der angestellten 30 Kriminal-Kommissare monatlich einmal zufiel. Dieser Dienst dauerte fast 24 Stunden, von 2 Uhr nachmittags bis zum Mittag des nächsten Tages. Der Kommissar du jour hatte alle Haftsachen zu erledigen, die mit dem Transportwagen eingelieferten Arrestanten zu verhören, die Einlieferungen zu prüfen und die Verhafteten eventuell zu entlassen. Er musste das Belastungsmaterial sichten und ordnen, Berichte schreiben und die Vorführungszettel – die sogenannten Rotzettel – ausfertigen. Alle 3 – 4 Stunden trafen solche Transportwagen aus den verschiedenen Quartieren der großen Stadt ein. Das Material musste natürlich sofort bearbeitet werden, damit die Vorführung der Polizeigefangenen vor dem Richter schon möglichst am Tage nach der Festnahme erfolgen konnte.

In den Pausen zwischen dem Eintreffen der einzelnen Wagen und der Erledigung des eingegangenen Materials durfte der geplagte Kommissar du jour sich zu kurzer Rast ein wenig auf das alte, in seinem Büro stehende Sofa niederstrecken. Angenehm war die Arbeit nicht, die den viel beschäftigten Beamten nach solch einer Ruhepause erwartete. Unter den ihm Vorgeführten waren alle Kategorien von Verbrechern und Unglücklichen vertreten, mit Kot und Blut besudelte Raubmörder und Einbrecher, auf Straßen aufgegriffene Obdachlose, fein gekleidete Hochstapler, durchgegangene Kassierer, Diebe aller Art, Rowdies und Schläger mit rohen, brutalen Mienen, von Straßenschmutz starrende Betrunkene, Irrsinnige, kurz, eine Serie Menschen, deren nähere Bekanntschaft nicht gerade als eine Annehmlichkeit betrachtet werden konnte. –

*

Die Nacht brach bereits herein. Weigand befand sich in einer durchaus nicht rosigen Stimmung. Die durch die aufreibende Tätigkeit erzeugte Nervenabspannung ließ ihn mit trüben Blicken in die Zukunft sehen. Die Falschmünzersache ging ihm wieder durch den Kopf. Sollte sein erstes Debüt in diesem ihm bis dahin noch fremden Ressort mit einem kläglichen Fiasko enden?

Da störte ihn der Lärm eines in den Hof rasselnden Transportwagens aus seinem unerfreulichen, dumpfen Hinbrüten auf. Sein unwillkürlich lauschendes Ohr vernahm, wie die eingelieferten Arrestanten nach dem Abfertigungsraum transportiert wurden, wo sie durch die beiden anwesenden Kriminalschutzleute vom Dienst einer gründlichen Leibesvisitation unterworfen wurden. Darauf wurden die Eingelieferten in das allgemeine Sistierungszimmer geführt, wo sie, auf Bänken sitzend, unter Bewachung eines Schutzmannspostens bis auf Weiteres blieben. Die Einlieferungsscheine wurden indessen in die Registratur gebracht und darauf dem im Nebenzimmer befindlichen Kommissar du jour mit den vom Registrator hinzugefügten, auf die verbrecherische Vergangenheit der Einzelnen Bezug habenden oder ihre bisherige Unbescholtenheit konstatierenden Bemerkungen vorgelegt.

Mechanisch ergriff Weigand die ihm vom diensttuenden Schutzmann überreichten Anzeigen und fing an, noch halb zerstreut, einen nach dem anderen zu durchlesen. Da durchfuhr es ihn plötzlich wie ein elektrischer Schlag; seine Augen blitzten auf, heiß und belebend strömte ihm das Blut zu Kopfe und alle Müdigkeit und schlechte Laune war im Nu verschwunden. Beinahe hätte der wieder zu voller Energie und Tatendurst erwachte Beamte einen lauten Freudeschrei ausgestoßen.

Der Einlieferungsschein, den seine Hand soeben ergriffen hatte, lautete:

»Der Arbeiter Louis Barth, 22 Jahre alt, aus Breslau gebürtig, wurde heute zur Revierwache transportiert, weil er bei Verausgabung des beiliegenden, augenscheinlich falschen Fünfmarkscheins betroffen wurde. Der Verdacht, dass der p. p. Barth um die gesetzwidrige Herstellung des Scheins gewusst, ergibt sich aus dem Umstande, dass der Angeschuldigte plötzlich unter Zurücklassung des Fünfmarkscheins die Flucht ergriff, als der im Laden anwesende Geschäftsinhaber Noack das Falsifikat einer genauen Prüfung zu unterziehen begann. Der p. p. Barth wurde verfolgt und dem Unterzeichneten vorgeführt.

Verhandlung bei!
Degener, Polizeileutnant.«

Weigands Hand zitterte vor Interesse und Eifer. Zunächst betrachtete er jedoch den dem Schriftstück beiliegenden Fünfmarkschein. Es stimmte genau. Ohne alle Zweifel handelte es sich um eines der Falsifikate, deren der Kommissar schon eine ganze Anzahl in seinem Amtsbüro liegen hatte. Die etwas zu helle Färbung und die Buchstaben sowie die Zahlen waren dieselben, wie die auf den übrigen konfiszierten Scheinen. Darauf überflog er das beigefügte Protokoll über das erste auf dem Revierbüro vorgenommene Verhör. Daraus ergab sich, dass der Arrestant angegeben hatte, er habe den falschen Fünfmarkschein bei Bezahlung seiner Zeche von einem Kellner des Zoologischen Garten-Restaurants auf ein Zwanzigmarkstück erhalten.

Noch einmal las der Kommissar das interessante Schriftstück, jedes Mal langsamer, prüfender und sich jede der von dem Eingelieferten angegebene Einzelheit einprägend. Dann wandte er sich an den vor ihm stehenden Schutzmann.

»Führen Sie mir mal den Mann vor!«

Er deutete auf den betreffenden Einlieferungsschein und gab Namen und Nationale des Arrestanten an. Ein paar Minuten später erschien, von dem Schutzmann eskortiert, ein ärmlich, aber sauber und ordentlich gekleideter Mensch. Auf den ersten Blick erkannte der erfahrene Kriminalist, dass er einen Neuling auf dem Wege des Verbrechens vor sich hatte. Schüchtern, sichtlich befangen, blieb der Eintretende unweit der Tür stehen, als der Schutzmann das Büro auf den Wink des Vorgesetzten wieder verlassen hatte. Er zitterte am ganzen Leibe vor Erregung und heftete ängstliche Blicke auf den ihn mit Interesse musternden Beamten. Erst als er von dem Kommissar aufgefordert wurde, an seinen Tisch heranzutreten, schob er sich langsam und zögernd, scheu und verlegen, vorwärts.

Die genauere Inaugenscheinnahme des Arrestanten stimmte die freudige, erwartungsvolle Stimmung des Beamten etwas herab. Das Gesicht des jungen Mannes zeigte offene, harmlose, nicht unangenehme Züge, wenn sie auch von geistiger Beschränktheit zeugten. Es würde sicherlich nicht schwer halten, alles aus dem Verhafteten herauszuholen, was man wissen wollte und was er mitzuteilen hatte; aber ebenso sicher war, dass er nicht zu den Hauptakteuren des Münzverbrechens gehörte.

Dennoch wandte sich der Kommissar mit Interesse dem vor ihm stehenden, befangen und beschämt blinzelnden jungen Manne zu. Das erste Verhör, das mit einem frisch ergriffenen, noch im Bann der Überraschung, des Schreckens und der Bestürzung stehenden Verbrechers angestellt wurde, war naturgemäß von großer Wichtigkeit, da der Inhaftierte noch nicht Zeit und geistige Sammlung genug gehabt hatte, um auf einigermaßen plausible Ausreden zu sinnen. –

»Sie heißen Barth?«, fragte der Kommissar.

Der Gefragte nickte mit herabgesenktem Gesicht.

»Na, na!«, rief ihm der Beamte mit Nachdruck zu.

»Kopf hoch! Blick hierher und deutlich und laut Antwort geben!«

33

Der Arrestant gehorchte, aber seine Augen flirrten unruhig und angstvoll.

»Was sind Sie?«

»Gärtner.«

»Haben Sie denn keine Stellung?«

»Nein.«

»Seit wie lange?«

»Seit sechs Wochen.«

»Und wovon haben Sie in der Zeit gelebt?«

»Von – von Gelegenheitsarbeit –«, stammelte der junge Mensch, rot und blass werdend, und wieder seinen Blick vor den forschend und streng auf ihn gerichteten Augen des Beamten senkend.

»Sie lügen ja! –«, donnerte ihn der Beamte an. »Sie haben von der Verausgabung falscher Fünfmarkscheine Ihre Existenz gefristet. Freilich, viel Erfolg scheinen Sie damit nicht erzielt zu haben –« fügte er, weniger schroff, hinzu, mit fast geringschätzigem Blick die mehr als bescheidene Kleidung des vor ihm Stehenden musternd.

Der Verhaftete war erschrocken zusammengefahren.

»Ich habe ge –, gearbeitet –«, wiederholte er stotternd. »Sie können mir glauben, Herr Kommissar.«

Der Beamte machte eine abwehrende Handbewegung.

»Dummes Zeug! Wo wollen Sie denn gearbeitet haben?« Der Bursche blieb die Antwort schuldig.

»Sie sehen –«, fuhr der Kommissar fort, »mit Ihren Lügen kommen Sie bei mir nicht weit. Die Tatsache, dass

Sie bei der Verausgabung von falschem Geld ertappt worden sind, können Sie nicht leugnen.«

Der Angeschuldigte trat verlegen und unsicher von einem Fuß auf den andern.

»Aber ich – ich wusste doch nicht, Herr Kommissar – – «, stammelte er zaghaft.

»Dass der Schein gefälscht ist? Lügen Sie nicht so dumm! Warum wären Sie denn sonst ausgerissen und hätten den Fünfmarkschein im Stich gelassen, he –?«

»Ich – ich fürchtete mich doch vor – vor Unannehmlichkeiten mit – mit der Polizei.«

Der Kommissar lachte.

»So, so! Wenn Sie ein gutes Gewissen gehabt hätten, wären Sie nicht feig ausgekniffen. Ein Mensch wie Sie, der ohne Arbeit ist und nichts zu beißen und zu brechen hat, der lässt nicht so leicht fünf Mark im Stich. Apropos, wo haben Sie denn das Zwanzigmarkstück her, das Sie im Zoologischen Garten gewechselt haben wollen?«

Der Bursche starrte ihn mit glitzernden Augen an, und eine hilflose Verlegenheit spiegelte sich in seinen Mienen. Auf diese doch eigentlich naheliegende Frage schien er nicht gerechnet zu haben, ein Beweis, dass der Kommissar ihn ganz richtig als unerfahrenen, ungeschickten Anfänger eingeschätzt hatte.

»Also, das wissen Sie nicht. Welche Nummer hatte denn der Kellner, von dem Sie den Fünfmarkschein eingewechselt haben wollen?«

»Da – danach habe ich nicht gesehen.«

»Wir werden morgen früh beide hinausfahren, und Sie werden mir den Kellner bezeichnen.«

Der junge Bursche ließ unstet seine flackernden Blicke im Zimmer umherlaufen, ohne zu antworten.

»Na –«, fragte der Beamte dringlich, »Sie werden ihn doch wiedererkennen?«

»Ich – ich glaube nicht, Herr Kommissar.«

Wieder lachte der Beamte.

»Das habe ich mir wohl gedacht.«

Der Kommissar stand auf und trat an den in tödlicher Verlegenheit Dastehenden heran. Er hielt es jetzt an der Zeit, auf das Gemüt des genügend eingeschüchterten, verängstigten, ratlosen Anfängers auf der Verbrecher-laufbahn einzuwirken.

»Ich will Ihnen mal was sagen, Barth! Sie scheinen ja so weit ein ganz anständiger Mensch und sind wohl mehr das Opfer gewissenloser Verführer. Ich meine es gut mit Ihnen. Wenn Sie das dumme Lügen aufgeben, mit dem Sie ja, wie Sie sehen, bei mir kein Glück haben, dann ist das ein weiterer Milderungsgrund zu Ihren Gunsten. Und ich werde, das verspreche ich Ihnen, in meinem Bericht hervorheben, dass Sie mir bereitwillig die Wahrheit gestanden und aufrichtige Reue gezeigt haben. Dann kommen Sie mit einer kleinen Strafe davon und nachher, wenn Sie die hinter sich haben, dann werden Sie wieder der ordentliche, brave Mensch, der Sie früher gewesen ...«

Er schlug dem in schwerem, seelischen Kampf Daste-henden jovial auf die Schulter. Die Augen des Burschen blinzelten und wurden feucht; in seinen Zügen arbeitete es heftig; sein Atem ging schwer und hastig. Dennoch schien er sich noch nicht entschließen zu können, seine Teilnahme an dem schweren Verbrechen einzugestehen und sich so dem Strafrichter auszuliefern.

Der Kommissar entschloss sich, ihn wieder ein bisschen schärfer anzufassen. »Schön!«, sagte er, an seinen Platz zurückkehrend. »Wenn Sie nicht wollen – mir kann's ja recht sein. Ich sehe, dass ich mich in Ihnen doch geirrt habe und dass Sie ein verstockter Bursche sind, kein Neuling mehr. Wer weiß, was Sie schon alles hinter sich haben und wie lange Sie sich schon mit der faulen Sache abgegeben haben.«

»Herr – Herr Kommissar –« stieß Barth mit ringender Brust hervor – »ich – ich – das können Sie mir glauben, ich bin kein – kein schlechter Mensch –«

Die Stimme versagte ihm und ein paar heiße Tränen rollten die vor tiefer Erschütterung bleichen Wangen herab.

»Na also, Barth –« fiel der Beamte wieder im Ton freundlichen Zuredens ein – »dann heraus mit der Wahrheit! Erleichtern Sie mal Ihr Herz! Denken Sie an Ihre armen, alten Eltern, über die Sie Kummer und Schande bringen.«

Das wirkte. Der Bursche konnte seine Bewegung nicht mehr beherrschen und begann krampfhaft zu schluchzen, während die Tränen reichlich seinen Augen entströmten. Nun hatte Weigand gewonnenes Spiel. Barth bedachte sich nicht mehr und war auch gar nicht mehr fähig, zu überlegen und auf Ausreden und Lügen zu sinnen.

»Ich wohnte bei dem Schlosser Schmidt in der Zionskirchstraße«, begann er. »Bei meinen Nachforschungen nach Arbeit lernte ich den Stubenmaler Hermann Möller kennen. Möller ist in meinem Alter und ebenfalls beschäftigungslos. Er wohnt bei seinem Vater Emil Möller, der auch nicht viel zu beißen und zu brechen hat. Der junge Möller war immer freundlich zu mir und gelegentlich besuchte ich ihn auch bei seinen Eltern und lernte so seinen Vater kennen. Vier Wochen waren wir schon so auf Arbeitssuche herumgestrolcht, als Hermann Möller eines Tages mich zu einem Frühstück in einer Destille und zu einem Glas Bier einlud. Natürlich ließ ich mich nicht lange nötigen. Mensch, wo hast du denn das Geld her? Fragte ich ihn. Er aber tat sehr geheimnisvoll und wollte mit der Sprache nicht heraus. Endlich aber zog er verstohlen ein paar Fünfmarkscheine aus der Tasche. Was sagst du nun? Ich war natürlich baff. Wo hast du bloß die viele Pinke her? Fragte ich noch mal. Er lachte. Davon kann ich haben, soviel ich will! Prahlte er. Mir aber war ganz angst und bange geworden. Hast du lange Finger gemacht? Fragte ich ihn. Aber er lachte: Na, so dumm! Stehlen? Wär' mir zu gemein. Zuletzt gestand er mir denn, dass das falsche Scheine wären. Für jeden eingewechselten Fünfmarkschein bekäme er 1 ½ Mark Gewinnanteil. Wer die Dinger eigentlich mache, wisse er nicht, ja, er kenne nicht einmal den Namen des Mannes, der ihm die falschen Scheine aushändige.«

Der Arrestant machte eine Pause. Mit großer Spannung hatte ihm der Kommissar zugehört.

»Weiter, Barth! –« Forderte er den vor ihm Stehenden mit freundlichem, ermunterndem Blick auf.

Der junge Bursche schnaufte hörbar. Sein Gesicht war ganz erhitzt; man sah seinen glühenden Mienen an, wie wichtig er sich bei seinen Mitteilungen vorkam, und dass er momentan ganz das Bewusstsein seiner bedenklichen Lage verloren hatte.

»Von da an«, fuhr er willfährig fort – »hatte ich keine Ruhe mehr. Immer sah ich die schönen, neuen, blauen Scheine vor mir. Immer klangen die Worte meines Freundes in mein Ohr: Davon kann ich soviel haben, wie ich will! Ich malte mir aus, wie schön es sein müsste, die Tasche voll solcher Dinger zu haben, die ja genau so aussahen, wie die echten Fünfmarkscheine. Dann konnte man herrlich und in Freuden leben, konnte essen und trinken nach Herzenslust und sich auch sonst alles gönnen. Man griff nur einfach in die Tasche, da hatte man ja Geld genug, um alles zu bezahlen. Freilich, anfangs, als Hermann Möller die Frage an mich richtete, ob ich mitmachen wollte, schreckte ich doch zurück. Ich war ja nie in meinem Leben unehrlich gewesen, und nun sollte ich die Leute mit falschem Geld betrügen? Aber der Verführer ließ nicht nach, dazu meine verzweifelte Lage. Noch immer keine Arbeit ... Wenn ich mal gelegentlich was fand, wie einmal auf einem Kohlenplatz, so war es so schwer, dass ich es nicht lange aushielt.«

Der Erzählende pustete und strich sich mit der zitternden Hand über das feucht gewordene Gesicht.

»Von wem erhielten Sie nun die falschen Scheine?«, fragte der Kommissar.

Der Bursche zögerte noch einen Moment mit der Antwort.

»Na – doch natürlich von Hermann Möller –« stieß er aufgeregt hervor.

»Wie viel Scheine setzten Sie denn nun per Tag ab?»

Über das Antlitz des Verhafteten glitt ein trübes Lächeln. Er machte mit der Hand eine abwehrende Bewegung.

»Die ersten Tage überhaupt nicht –«, antwortete er ..., »Ich hatte zu furchtbare Angst. Ich dachte mir immer, es müsste mir jeder sofort ansehen, dass ich falsches Geld in der Tasche trug. Den ersten Tag ging ich wohl ein Dutzend Mal bald an diesem, bald an jenem Laden vorbei. Das Herz schlug mir dabei wie rasend. Ich aber fand nicht den Mut ... Bald war's mir noch nicht dunkel genug und ich wartete noch; dann wieder wurde das Gas angesteckt und es war zu spät. Erst am zweiten Tage trat ich in einen Gemüse- und Obstladen und forderte für 10 Pf. Äpfel. Aber als es ans Bezahlen ging, verlor ich doch wieder den Mut und legte einen meiner letzten Nickel auf den Tisch.«

»Am nächsten Tage gaben Sie dann den ersten falschen Fünfmarkschein aus?«

Der Gefragte nickte beschämt und trübselig.

»Na – und von da ab ging das Geschäft flotter, nicht wahr? –«, fiel der Kommissar jovial ein. »Da haben Sie wohl eine Menge Scheine an den Mann gebracht?«

Aber der Bursche schüttelte mit dem Kopf.

»Was ich mir vorher so schön gedacht habe, ging nicht in Erfüllung. Von Fettlebe war keine Rede. Sie sehen ja, Herr Kommissar!«

Er sah an seinem abgeschabten Anzug herab; ein flüchtiges, trauriges Lächeln ging dabei über seine bekümmerten Mienen.

»Wenn ich pro Tag einen Schein unter Zittern und Zagen und stillem Zähneklappern gewechselt hatte, dann war ich zufrieden. Ein einziges Mal habe ich zwei Scheine an einem Tag abgesetzt. Im ganzen 20 Stück. Das war alles.«

»Da verstand Ihr Freund Möller Sache wahrscheinlich besser?«

Barth nickte.

»Der hat in den letzten acht Tagen allein über 50 Stück gewechselt. Und sein Vater –«

»Der hat natürlich auch mitgemacht?« half der Kommissar ein, als der Bursche erschrocken abbrach und betreten vor sich hin sah.

»Warum können Sie mir nicht die volle Wahrheit sagen, Barth?« – fuhr der Beamte dringlich fort. »Sie haben doch wahrhaftig keinen Grund, die Möllers, die Sie ins Unglück gebracht haben, zu schonen. Also: der alte Möller – wie hieß er doch gleich? –«

»Emil.«

»Also Emil Möller befasste sich ebenfalls mit der Verausgabung der falschen Scheine? –«

Barth bejahte.

»Und wer noch?«

Der Bursche kämpfte ein paar Augenblicke mit sich, während er sich in seinem dicken, struppigen Haar kraute.

»Na, Barth!« mahnte der Kommissar mit scharfer, drohender Stimme.

Der Bursche streckte sich entschlossen.

»Auch meinen Wirt, bei dem ich in Schlafstelle lag, haben wir eingeweiht. Er hat mehr abgesetzt, als ich.«

»Gut, Barth!«, lobte der Beamte. »Und Sie und die andern haben die Scheine von Hermann Möller erhalten?«

»Jawohl, Herr Kommissar!«

»Und der Hermann Möller? Na, nun seien Sie mal auch in diesem Punkt ehrlich, Barth! Sonst hat Ihre ganze Aussage wenig wert, hören Sie! Das ist doch die Hauptsache: Von wem hat der junge Möller die falschen Scheine bezogen?«

»Das weiß ich nicht, Herr Kommissar.«

»Barth!« Der Beamte sah dem ihm Gegenüberstehenden scharf in die Augen. »Sie werden doch nun nicht wieder anfangen, zu schwindeln?«

Aber der Bursche hielt dem forschenden Blick des Kommissars stand.

»Das ist wahr, Herr Kommissar,« versetzte er mit kräftiger Stimme und in sicherer Haltung. »So wahr ich bereue, dass ich meinen armen Eltern nun die Schande gemacht habe. Hermann Möller hat mir immer gesagt, dass er keine Ahnung habe, was das für ein Mensch ist, der ihm die Scheine liefert. Er hat ihn einmal in einer

Kneipe kennengelernt und zu einem Glase Bier eingeladen. In derselben Kneipe sind sie dann noch ein paar Mal zusammengetroffen und Möller hat dem Unbekannten sein Leid geklagt, und da hat ihm der Unbekannte mitgeteilt, dass er ein Mittel wisse, ein gutes Leben zu führen, ohne zu arbeiten.«

»Gerade so wie Möller Ihnen.«

»Jawohl, Herr Kommissar.«

»Und wo treffen nun die beiden zusammen, der Unbekannte und Hermann Möller? Das werden Sie doch wissen, Barth?«

»Jawohl, Herr Kommissar. Das hat mir der Möller erzählt. Sie trafen sich immer des Abends in der Schummerstunde auf der Königs-Chaussee, da, wo die Häuser aufhören und freies Feld ist, ein Stück von der Bötzelschen Brauerei.«

»Und was wissen Sie sonst noch?«

Der Gefragte sann ein Weilchen vor sich hin.

»Ich wüsste eigentlich nichts mehr, Herr Kommissar ... Doch! Da fällt mir ein, der Möller hat mir gelegentlich erzählt, dass einmal – das war vor Monaten, als ich die Möllers noch nicht kannte – dass da monatelang keine Scheine ausgegeben worden sind, weil sie nicht gut gelungen waren. Sie wären in der Farbe zu dunkel gewesen. Und dann hat er mir auch noch gesagt, dass der Unbekannte, von dem er die Fünfmarkscheine bezieht, auch nicht direkt mit den Falschmünzern verkehrt, sondern dass er die Scheine erst aus zweiter Hand erhalte.«

Mit großer Spannung hatte Kommissar Weigand den Bericht des Verhafteten angehört. Eine lebhafte Freude glühte in ihm, der Eifer des Jägers, der lange vergeblich wartend auf dem Anstande geweilt, und der nun endlich die ersten Anzeichen des herannahenden Wildes gewahr wird. Zwar war der vor ihm stehende Arrestant, der letzte der mit den Falschmünzern in Verbindung stehenden Mitschuldigen, und sicherlich der unbedeutendste derselben, aber man hatte, doch in ihm einen Anhalt. Der Beamte musste sich sagen, dass er am Endpunkt eines verschlungenen Irrgartens stand, und nun musste er seinen ganzen Scharfsinn aufbieten, um zu dem Ausgangspunkt zu gelangen. Gewissermaßen war ihm das Ende eines Knäuels in die Hände geraten und den musste er nun aufrollen, um zu dem Anfange zu gelangen.

Dass Barth ihm in allem die Wahrheit gesagt, davon war er fest überzeugt. Die ganze Art, das ganze Verhalten des Burschen bewies das klar. Auch Barths Mitteilung, dass vor Monaten eine Pause in der Anfertigung der Falsifikate eingetreten war, dokumentierte die Richtigkeit seiner Angaben. Das war die Zeit gewesen, in der Lomnitz, von allem Verkehr zurückgezogen, sich, wie es schien, ganz der Vorbereitung eines verbesserten Herstellungsverfahrens gewidmet hatte. Auch die weitere Überzeugung, dass an der Spitze des ganzen Unternehmens eine raffiniert-schlaue Persönlichkeit stand, die alle Fäden in der Hand hielt, schöpfte der Kommissar aus Barths Geständnissen. Wie es schien, hatte man es hier mit einer geschickt geleiteten, weitverzweigten Verbrechergesellschaft zu tun, und noch viel Zeit, Mühe und

Spürsinn würde es kosten, bis es gelang, alle Fäden zu entwirren.

Viertes Kapitel.

Auf der Spur des Unbekannten

Am anderen Tage hielt Kriminalkommissar Weigand seinem Chef Vortrag. Der Regierungsrat hörte mit Interesse zu und nickte befriedigt. Er billigte alle bisherigen Maßnahmen und stellte dem Kommissar Geldmittel und Hilfskräfte zur Verfügung. Auch das, was Weigand zunächst zu tun beabsichtigte, fand seine Zustimmung, und er war ganz dessen Meinung, dass man äußerst vorsichtig, gewissermaßen Schritt für Schritt vorgehen und jede übereilte Handlung streng vermeiden musste, um nicht die Hauptakteure des Dramas vor der Zeit aufzuschrecken. Man durfte sie vorderhand noch nicht stören, um ihnen nicht die Zeit zu geben, die Beweismittel des Verbrechens zu beseitigen und sich selbst in Sicherheit zu bringen. Nein, es musste immer das Endziel im Auge behalten werden, die Werkstätte der Falschmünzer aufzuspüren und der Hauptverbrecher und ihrer Werkzeuge habhaft zu werden.

Unmittelbar nach der Unterredung mit seinem Chef schritt Weigand zur Verhaftung der drei ihm von Barth genannten Mitschuldigen: des Schmidt und der beiden Möller, Vater und Sohn. Am liebsten hätte er ja die Verhaftung noch hinausgeschoben, aber er sagte sich, dass die Staatsanwaltschaft, der er das mit Barth aufgenommene Protokoll ja hatte einreichen müssen, die Inhaftnahme der drei an der Verausgabung des Falschgeldes

Beteiligten doch angeordnet hätte. Er hoffte aber, dass diese Maßnahme ihm keinen Schaden bei der weiteren Aufhellung des Verbrechens verursachen würde; denn die drei waren jedenfalls wie Barth von untergeordneter Bedeutung und die Kunde von ihrer Verhaftung würde kaum bis zu den Urhebern und Teilern des Falschmünzerverbrechens gelangen.

Die Haussuchung in der Schmidtschen und in der Möllerschen Wohnung ergab nichts Belastendes. Nur bei Schmidt wurde eine kleinere Anzahl von falschen Fünfmarkscheinen gefunden, das war alles. Dass Schmidt die falschen Scheine von Barth erhalten hatte, wusste Weigand bereits und der Verhaftete bestritt diese Tatsache auch weiter nicht. Die beiden Möller waren schwieriger zu behandeln. Aus ihnen war zunächst nichts herauszubringen und sie hatten das Falschgeld, falls sie solches noch besaßen, so schlau zu verstecken gewusst, dass die Beamten es nicht fanden. Beide leugneten jede Teilnahme an dem Verbrechen und jede Mitwisserschaft, und erklärten Barths Angaben für Lüge und Schwindel. Wer weiß, von wem er das falsche Geld erhalten hätte!

Natürlich gab sich der Kommissar mit diesen Angaben nicht zufrieden und sandte noch an demselben Tage eine Anzahl von Schutzleuten aus, um Personalbeschreibungen der Verausgeber falscher Scheine von all den geschädigten Geschäftsleuten einzufordern, die solche angemeldet hatten. Diejenigen Geschäftsinhaber, die auf Möller, Vater und Sohn, passende Beschreibungen gegeben hatten, wurden nach dem Büro des Kommissars bestellt und hier mit den Verhafteten konfrontiert. Beide

Möller wurden von mehreren Geschäftsleuten mit voller Bestimmtheit als die Verausgeber der falschen Fünfmarkscheine rekognosziert. Der alte Möller blieb trotzdem bei seinem Leugnen und erwiderte höhnisch, die Zeugen wollen sich nur wichtig machen, und wenn ihnen ein anderer gegenübergestellt würde, würden sie auch den »wiedererkannt« haben. Es könne ja jeder kommen und behaupten, er habe das und das verbrochen; es sollte mal erst bewiesen werden, dass er wirklich der Schuldige sei.

Der junge Möller aber war noch nicht so im Kampfe ums Dasein gehärtet und abgestumpft. In ihm war noch Scham und Ehrgefühl zurückgeblieben.

Nun ja, er gebe es zu, er habe sich verleiten lassen, die falschen Scheine zu vertreiben. Was hätte er denn anderes tun sollen? Jeder andere hätte in seiner Lage nicht anders gehandelt. Wenn einer monatelang ohne Arbeit sei und die eigenen Eltern einem fortwährend in den Ohren lägen, Geld zu schaffen, und einem mit dem Hinauswerfen drohten, dann müsste man ja von Stein und ohne jedes Gefühl sein, wenn man nicht schließlich mürbe würde und der Versuchung, die sich einem listig näherte, nachgäbe. Was er getan, habe er in der Verzweiflung getan und es läge eigentlich Notwehr vor – Notwehr gegen Hunger und Elend, die ihn straffrei machen müsse.

Wenn der Kommissar nun auch zu dieser eigenartigen Beweisführung der Schuldlosigkeit des jungen Verbrechers lächelte und sie nicht gelten lassen wollte, so erklärte er jedoch, dass dieser Umstand allerdings als Milderungsgrund geltend gemacht werden könnte. Auf sein freundliches Zureden erklärte sich Hermann Möller schließlich zu einem offenen, rückhaltlosen Geständnis bereit. Die falschen Fünfmarkscheine habe er von einem Mann erhalten, von dem er im Übrigen nichts wisse. Mit diesem Manne pflegte er sich von Zeit zu Zeit, jedoch nur auf bestimmte Verabredung, auf der Königs-Chaussee zu treffen, in der Gegend der Belforter Straße, und bei dieser Gelegenheit rechneten sie dann ab und empfing er neue Scheine.

Das klang alles sehr unbestimmt und wenig glaubwürdig.

Drohend erhob der Kommissar den Finger.

»Möller, machen Sie mir doch keinen blauen Dunst vor! Das Märchen von dem großen Unbekannten ist nun doch schon zu abgebraucht – da hätten Sie schon etwas Besseres erfinden sollen. Also mal heraus mit der Wahrheit! Warum wollen Sie Ihren Verführer schonen? Wie heißt der Mann?«

Aber der Verhaftete zuckte mit den Schultern.

»Und wenn Sie mich gleich totschlagen, Herr Kommissar: Ich weiß es nicht. Ich habe ihn nur in einer Kneipe, bei Schindler in der Straßburger Straße, kennengelernt. Seinen Namen kenne ich nicht, und was er sonst ist, wo er wohnt usw., davon habe ich ebenfalls keinen Schimmer. Wenn ich mal gelegentlich eine Frage danach tat, hat er sie überhört, das heißt, mit Absicht, und hat dabei die Stirn kraus gezogen. Nur einmal, als ich hartnäckig war und meine Frage wiederholte, gab er mir Antwort: Mein Lieber, sagte er zu mir, es ist für uns beide besser, wir wissen voneinander so wenig als möglich. Da habe ich dann meine Neugier gebändigt, was blieb mir auch weiter übrig? Mich hatte er ja freilich gründlich ausgeholt, bevor er mir den ersten falschen Schein zu sehen gab; aber er war natürlich schlauer als ich. Und hatte er nicht recht gehabt? Wenn er mir seinen Namen gesagt hätte, ich würde ihn Ihnen wahrhaftig verraten haben.«

Kommissar Weigand war halb überzeugt. Der junge Mann sah ihn mit seinen blauen, nicht unintelligent blickenden Augen, so offen und fest an, und es war ja auch kein Grund zu sehen, warum er den Andern schonen sollte, nun, da er selber bereits gefasst war. Es war ja nach seinen kriminalistischen Erfahrungen die Regel, dass Anfänger auf der Verbrecherlaufbahn ihre Mitschuldigen, und besonders ihre Verführer, ohne Weiteres, ja, mit einer gewissen Beflissenheit und Genugtuung anzugeben pflegten. Nur ganz routinierte, gewerbsmäßige Verbrecher bewiesen gegeneinander nicht selten einen gewissen Korpsgeist.

Dass Möller aber noch völlig unbescholten und noch nicht mit dem Strafgesetz in Kollision gekommen war, hatte der Kommissar beim Revierbüro bereits feststellen lassen.

»Aber Sie können mir doch eine Beschreibung von dem Unbekannten geben, Möller?«, fragte der Beamte weiter.

»Jawohl. Er mag etwa 40 Jahre alt sein. Ein kräftiger, untersetzter Mann, mittelgroß, mit blondem, kurz geschnittenem Haar und starkem Schnurrbart, an den Enden herunterhängend.«

»Und wie war er gekleidet? Reduziert?«

»Nein, gar nicht. Er trug einen dunklen Jakettanzug, einen neuen blauen Überzieher mit Samtkragen und einen niedrigen, steifen Filzhut.«

»Also den Namen wissen Sie wirklich nicht, Möller?«

Der Kommissar heftete einen eindringlichen Blick auf den ihm Gegenüberstehenden.

»Überlegen Sie sich's noch einmal genau, Möller!«

Doch der junge Mann besann sich nicht einen Augenblick. Er legte mit einer impulsiven Geste seine rechte Hand auf die linke Brustseite.

»Den kenne ich nicht, Herr Kommissar, so wahr ich ein verlorener, unglücklicher Mensch bin.«

Er erging sich nicht weiter in Reden und Beteuerungen, er weinte nicht, wie es Barth getan hatte; über sein Gesicht war ein Hauch tiefer Melancholie gebreitet und in seinen Mienen und in seiner ganzen Haltung prägte sich Verzagtheit und Trauer aus. Sein späteres, trauriges Ende bewies, dass noch ein Rest von Ehrgefühl in ihm war, dass die Schuld an seinem Fehltritt wohl mehr der Ungunst der Verhältnisse und der Einwirkung seiner Eltern zuzuschreiben war, als einer besonderen Charakteranlage.

»Gut, ich glaube Ihnen –« versetzte der Beamte freundlich. »Sie wissen also nicht, wo der Unbekannte wohnt?«

»Nein, Herr Kommissar; aber ich habe ihn wiederholt aus der Saarbrücker Straße herauskommen sehen, wenn ich auf ihn wartete und auf der Königs-Chaussee hin- und herging.«

Der Kommissar machte sich eine Notiz.

»Sie trafen sich also nie auf Verabredung an bestimmten Tagen?«

»Nein, Herr Kommissar. Wenn ich ihn fragte, wann soll ich wieder neue Scheine holen? – antwortete er immer: Wenn sie alle sind – oder in ein paar Tagen.«

Auch diese Angabe, an deren Richtigkeit der Kommissar keinen Augenblick zweifelte, konnte als Beweis gelten, dass der Unbekannte kein Neuling war, wie sein verhafteter Mitschuldiger, sondern dass er erfahren und schlau alle Eventualitäten erwog und mit großer Vorsicht seine Handlungsweise demnach einrichtete.

Das Nächste, was nach diesen dürftigen Aussagen zu tun blieb, war, Nachforschungen in der Saarbrücker Straße anzustellen. Zum Glück war es nur eine kleine Straße mit etwa 50 Häusern. Dennoch war es eine mühselige und zeitraubende Arbeit, jede der großen vierstöckigen Mietskasernen mit den Seitenflügeln und Hinterhäusern abzusuchen. Aber es war der einzige Anhalt, der wenigstens die Möglichkeit bot, die Spur des Unbekannten, auf dessen Bekanntschaft Weigand sehr begierig war, zu finden. Der Kommissar verteilte also seine Leute auf die verschiedenen Häuser und diese ließen sich von den Hausbesitzern oder den Vizewirten die Liste der Mieter vorlegen und ihre Personalbeschreibung geben. Er selbst beteiligte sich an den Nachforschungen, gebrauchte aber dabei die Vorsicht, in die einzelnen Mietswohnungen zu gehen, und zwar zu Tagesstunden, wo die Männer ihrem Berufe nachgingen. Er erkundigte sich nach irgendeiner fingierten Persönlichkeit und verwickelte die redseligen Frauen in längere Gespräche, wobei er mit Leichtigkeit, ohne dass die Geschwätzigen es merkten, die Signalements der übrigen Mieter des Hauses aus ihnen herauslockte.

Auf diese Weise stieß er endlich auf eine Persönlichkeit, die vielleicht in Betracht kommen konnte. Wenigstens entsprach die Beschreibung, die ihm Hermann Möller gegeben hatte, ziemlich genau dem Signalement, das er von einer der Frauen des betreffenden Hauses erhalten hatte. Es war ein Handelsmann, namens Kaumann, der im Hinterhause wohnte, über den die Frau aber keine weiteren Angaben zu machen wusste, als dass er ziemlich viel außer dem Hause war. Allzu angelegentlich und auffällig durfte der Beamte natürlich nicht fragen, um nicht die Aufmerksamkeit der Frau zu erregen und sie vielleicht zu veranlassen, Kaumann davon Mitteilung zu machen.

Aber sein Interesse für den Unbekannten fachte sich nicht wenig an, als Weigand bei seinen Nachfragen auf dem Polizeirevier erfuhr, dass Kaumann ein vorbestrafter Mensch war. Und als er seine Strafakten einsah, ergab sich, dass er in Kaumann einen alten Bekannten zu begrüßen hatte, mit dem er schon wiederholt amtlich in Berührung gekommen war. Freilich, an einem Münzverbrechen war Kaumann noch nicht beteiligt gewesen, und es war auch nicht der mindeste Umstand vorhanden, der etwa darauf hindeutete, dass dieser nunmehr bekannte »Unbekannte« des jungen Möller je mit Lomnitz verkehrt oder überhaupt in Berührung gekommen war.

Weigand stellte nun sofort zwei seiner geschicktesten Unterbeamten an, die den Kaumann genau beobachten sollten. Zufällig befand sich gerade gegenüber dem zu beobachtenden Hause ein Schanklokal, was die Observationen bedeutend erleichterte. Der eine Beamte musste sich fast den ganzen Tag in dem Lokal aufhalten und das Haus unausgesetzt im Auge haben, um sich die Leute anzusehen, die das Haus betraten und ihnen eventuell, wenn sie etwas Verdächtiges an sich hatten, nachzuschleichen. Der andere Beamte aber hatte die Aufgabe, dem Kaumann, sobald er das Haus verließ, überallhin zu folgen. Der Kommissar stattete selbst in Begleitung eines seiner Leute in der Dämmerstunde der Königs-Chaussee täglich Besuch ab. Es war wohl vorauszusehen, dass Kaumann auch noch an andere Personen die falschen Geldscheine weitergab; freilich war kaum anzunehmen, dass er so unvorsichtig sein würde, sie alle nach demselben Rendezvousort zu bestellen. Um nicht an der angegebenen Stelle in der Nähe der Saarbrücker Straße, unweit der Bötzelschen Brauerei, aufzufallen, nahmen der Kommissar und sein Begleiter oft Verkleidungen vor.

Einmal kostümierten sie sich als Bierkutscher, ein andermal als Dienstmänner und ein drittes Mal sogar als Pennbrüder. In dieser Maske legten sie sich in den Chausseegraben, holten Brot und Wurst hervor, um anscheinend ihr Vesperbrot zu verzehren und unterließen, getreu dem Charakter ihrer Rolle, nicht, die Schnapsflasche von einem zum andern wandern zu lassen.

Ein paar Mal fuhr Weigand auch mit einer geschlossenen Droschke an der Stelle, wo die Saarbrücker Straße in die Königs-Chaussee mündet, langsam vorüber und ließ ein paar Schritte davon halten, emsig und vorsichtig spähend. So vergingen anderthalb Wochen ohne jedes

Resultat. Der Kommissar musste daraus wohl schließen, dass Kaumann die Verhaftung seines Spießgesellen Möller in Erfahrung gebracht hatte und sich nun hütete, die Rendezvousstelle, an der ihn Hermann Möller zu erwarten pflegte, zu betreten. Vielleicht ahnte er sogar, dass er beobachtet würde, und hatte deshalb die Verausgabung der falschen Geldscheine vorläufig ganz eingestellt. Eine andere Möglichkeit aber war noch vorhanden, nämlich die, dass man überhaupt auf einer falschen Fährte war, und dass die Ähnlichkeit des Signalements auf einem Zufall beruhte, und dass Kaumann mit den Münzverbrechern überhaupt nichts zu tun hatte. Freilich, diese letztere Erklärung des Misserfolges schien dem Kommissar wenig zutreffend, denn die Beobachtung des Kaumann hatte ergeben, dass er zurzeit keinerlei Erwerb betrieb und dennoch gut lebte.

Der energische, tatenlustige Kriminalbeamte beschloss, keine Zeit weiter zu verlieren, sondern zum Angriff vorzugehen und direkte Verbindung mit Kaumann anzuknüpfen.

Mit dieser wichtigen Aufgabe, von der der weitere Erfolg abhing, betraute der Kommissar seinen Polizeiagenten Feldau. Der war zwar noch ein sehr junger Mann und erst seit Kurzem im Dienst der Kriminalpolizei, aber er hatte bereits Proben einer außergewöhnlichen Kombinationsgabe und einer großen Geschicklichkeit abgelegt.

Fünftes Kapitel.

Feldau in der »Hölle«

Ein Polizeiagent unterscheidet sich dadurch von einem Schutzmann, dass er keine Beamtenqualität besitzt, nicht fest angestellt ist, dass er Verhaftungen nicht vornehmen darf, und das Erkennungszeichen der Kriminalbeamten nicht trägt und überhaupt öffentlich nicht als Polizeiorgan einschreiten darf. Dagegen hat er das vor dem Vigilanten voraus, dass er nicht nur gelegentlich für gewisse Fälle verwendet wird, sondern im ständigen Dienst der Polizei steht, und dass er eine durchaus unbescholtene Persönlichkeit sein muss. Des Polizeiagenten Ehrgeiz ist, als Kriminalschutzmann fest angestellt zu werden und Beamtenqualität zu erhalten.

Feldau war erst seit neun Monaten als Polizeiagent tätig, nachdem er eine Stelle als Kontorbote in einer Bankfirma innegehabt hatte. In diesem Geschäft waren Unterschlagungen vorgekommen und Weigand hatte mithilfe Feldaus den Täter ermittelt. Der Scharfblick des erfahrenen Kriminalisten hatte in dem intelligenten, anstelligen jungen Manne sofort eine für seine Zwecke sehr brauchbare Kraft erkannt und er hatte ihn zu bestimmen gewusst, in den Polizeidienst überzutreten.

Feldau, dessen Ehrgeiz sich durch das Vertrauen seines Vorgesetzten mächtig angespornt fühlte, hatte von dem Beamten, der Kaumann beobachtete, in Erfahrung gebracht, dass dieser zuweilen eine in der Weberstraße gelegene Kaschemme besuchte. Die Weberstraße war eine enge, schmutzige Straße mit niedrigen, alten, schmalen Häusern. In einem der unansehnlichen Gebäude mit verblasstem, seit langer Zeit nicht erneuertem Anstrich, das mit seinen kleinen, schmierigen Fenstern einen nichts weniger als einladenden Eindruck machte, befand sich das Schanklokal, das unter seinen fast ausschließlich der Verbrecherwelt angehörenden Stammgästen den charakteristischen Beinamen »Die Hölle« führte. Die Tür zu dem Parterrelokal, in das man direkt von der Straße eintrat, hatte Glasscheiben, die von innen mit schmierigen roten Gardinen verhängt waren.

Es war an einem Novembertage. Ein starker, kalter Wind fegte durch die Straßen, und der strichweise einsetzende Regen trug noch dazu bei, den Aufenthalt auf der Straße höchst unbehaglich zu machen. Kein Wunder, dass mancher Passant, der seinem Heim zustrebte, bei einem plötzlich herabstürzenden Regenschauer in einem nahen Wirtshause Station machte; um bei einem stärkenden Getränk den unerwünschten Wasserguss vorbeiziehen zu lassen.

Von dieser Absicht mochte auch ein anscheinend von der Arbeit kommender Klempnergeselle beseelt sein, der sich in der achten Abendstunde vor den herabströmenden Wassermassen in die »Hölle« flüchtete. Der große, kräftige Mann trug eine blaue Arbeitsbluse und Hosen aus sogenannten englischem Leder, die zahlreiche Spuren von Öl und Lötwasser aufwiesen, mit denen die Klempner ja viel zu hantieren hatten. Auf dem Kopfe saß ihm ein alter, verbeulter und beschmierter Hut, dessen breite Krempe das Gesicht fast ganz verdeckte. Der Eintretende ließ sich an dem nächsten bei der Eingangstür stehenden Tisch nieder und bestellte ein »Nordlicht«; Nordhäuser Kornschnaps, sein Handwerkszeug, das er, in einem schmierigen Drillichläppen eingewickelt, unter dem Arm trug, legte er neben sich auf den Tisch und goss den halben Inhalt des Schnapsglases mit einem Zug hinunter und nahm dann mit gleichgültiger Miene das Lokal in Augenschein, das ihm wenig Interesse einzustoßen schien. Ein Zufall hatte ihn ja nur hierher getrieben und wer weiß, ob er je im Leben noch ein zweites Mal hierher kommen würde.

Die Unterhaltung der Stammgäste des Lokals war beim Eintritt des Fremden wie auf ein Kommandowort verstummt. Am Billard standen vier junge Leute, die eine Partie Karambolage spielten. Sie alle waren, auffallend genug bei dieser Umgebung, elegant gekleidet. Sie trugen modern geschnittene Anzüge, saubere Wäsche, hohe Kragen und seidene Krawatten. Schwere Uhrketten und Ringe prahlten an ihnen und die Füße steckten in tadellosen Chevreaustiefeln mit Lackspitzen.

Den denkbar größten Kontrast zu den flotten, weltmännisch gekleideten Billardspielern bildeten die andern vier Personen, die an einem der kleineren Tische saßen, die das Mobiliar des Schankraumes vervollständigten. Es waren zwei Männer und zwei Weiber. Die ersteren trugen schmutzige, abgetragene Arbeitsanzüge, und statt der Wäsche ein unsauberes Wollhemd, und um den Hals einen dicken Schal gewunden. Von den beiden Frauenzimmern, die neben den Männern saßen und mit ihnen aus einem großen Weißbierglase tranken, hatte die Ältere ein abschleckend hässliches Gesicht mit tiefen Furchen und Runzeln, in denen alle menschlichen Laster zu nisten schienen. Das neben ihr sitzende Mädchen zeigte ein blasses, an den Backenknochen geschminktes Gesicht und jenen Zug um den Mund und den herausfordernden, schamlosen Blick, wie er gewissen Geschöpfen eigen zu sein pflegt.

Die Augen dieser acht Stammgäste der »Hölle« richteten sich misstrauisch nach dem fremden Eindringling, dessen Gegenwart sie zu stören schien und der zunächst ihren forschenden Argwohn erregte. Misstrauisch beobachtete man jede seiner Bewegungen: wie er seine Werkzeuglappen auf den Tisch legte, wie er ihn aufwickelte und jedes der Werkzeuge betrachtete, um sie dann wieder langsam einzuhüllen, wie jemand, der nicht weiß, was er vor Langerweile beginnen soll. Zwischen den Beobachtern flogen »Zinken« <u>Zeichen</u> hin und her.

»Wer mag das sein?«

»Kennst du ihn?«

»Keine Ahnung!«

»Vielleicht ein »Fauler«? <u>Geheimpolizist.</u>«

»Glaube kaum! Sieht nicht danach aus!«

Sie nahmen alle Einzelheiten seiner Persönlichkeit und seines Gebarens in Augenschein, und je länger sie ihn betrachteten, desto mehr schien ihr anfänglicher Argwohn zu schwinden. Die schwarzgefärbten Spitzen seiner Finger, die auf den reichlichen Gebrauch von Lötwasser hinwiesen, und die bei allen Klempnern charakteristisch sind, und noch manches andere, das ganz zweifellos seine Profession verriet, sowie sein einfältiger, etwas stumpfer Gesichtsausdruck überzeugten sie vollends, dass es wirklich nur ein harmloser »Stubbe« <u>Handwerker</u> war, der hier zufällig hereingeschneit war und vor dem man sich weiter keinen Zwang aufzuerlegen brauchte.

Plötzlich öffnete sich die Tür und ein neuer Gast trat ein. Aber die Ausrufe, die ihn begrüßten, bekundeten, dass er zu den bekannten, gern gesehenen Stammgästen gehörte. Wären die Übrigen nicht bereits mit ihrem Urteil über den Klempner fertig gewesen und hätten sie sich nicht so ausschließlich dem Eintretenden zugewendet, so würden sie vielleicht wahrgenommen haben, dass die Augen des »Stubben« freudig und voll Genugtuung aufleuchteten.

Während die Blicke des Klempners den neuen Gast unter der breiten Hutkrempe scharf musterten, näherte sich dieser dem neben »Mutter Schwammert« sitzenden älteren Mann, dessen verwildertes Kopfhaar und Stoppeln in dem unrasierten, fahlen Gesicht bereits silbern schimmerten und dessen scheuen Mienen und ganzem Gebaren ein Kundiger den im Zuchthause ergrauten Verbrecher ansah.

»Na, Rotarm, glücklich wieder heraus aus dem Kasten? Siehst höllisch spack aus! Freilich, bei Rumfutsch <u>Erbsen.</u> wird man nicht fett. Vater –« der Sprechende drehte sich zum Wirt um – »eine Weiße mit zwei Große«! <u>Großes Glas Schnaps.</u>

»Oho, Husaren-Wilhelm«, entgegnete »Rotarm«, der ein berüchtigter Schläger war und der seinen Arm mehr als einmal mit dem Blut der Polizisten und sonstigen Gegnern rot gefärbt hatte – »scheinst ja höllisch Fettlebe zu machen? Hast du wieder mal was »verschoben«? <u>Gestohlenes Gut beim Hehler verkauft.</u> Ja, ja, du bist duft.

Schlau. und die Greifer können lange warten, bis sie dich kappen.«

Der Angeredete gab auf die verfängliche Frage keine direkte Antwort, sondern begnügte sich, einen grunzenden Laut auszustoßen, der ebenso gut als ein Protest, wie als eine Zustimmung gedeutet werden konnte.

Über das über sein Glas gebeugte Gesicht des Klempners flog ein zufriedenes Lächeln, und dann blickte er wieder verstohlen, forschend, zu dem gut gekleideten Gast hinüber, der eine kleine Husaren-Figur hatte, und der jetzt neben dem alten Zuchthäusler mit der Galgenphysiognomie Platz nahm.

Er kannte ihn wohl vom Sehen; es war der Handelsmann Kaumann aus der Saarbrücker Straße, der freilich hier in der Kaschemme nur mit seinem in der Verbrecherwelt bekannten Spitznamen angeredet wurde.

Die Getränke wurden gebracht; man trank und unterhielt sich lebhaft. Auch die Elegants am Billard hatten ein eifriges Gespräch begonnen, und tauschten ihre letzten Erfahrungen ans.

»Husaren-Wilhelm«, alias Kaumann, drehte sich nach dem noch immer still dasitzenden anscheinend vor sich hinbrütenden Klempner um.

»Na, alter Freund«, fragte er kordial, offenbar in bester Laune, »gute Arbeit, he?«

Der Angeredete kraute sich hinter dem Ohr und kehrte sein Gesicht dem freundlichen Frager mit trübseliger Miene zu.

»Schlechte Zeiten!«, erwiderte er. »Auf dem Neubau, auf dem ich arbeite, wird morgen Schicht gemacht. Dann hat's mit der Arbeit geschnappt und man kann wieder einmal Hungerpoten saugen.«

Kaumann erwiderte nichts, sondern musterte den Klempner nur aufmerksam. Der stand jetzt auf – das Schnapsglas war geleert und zu mehr reichte es wohl nicht – bezahlte und wollte gehen. Aber »Husaren-Wilhelm« hielt ihn mit einer einladenden Gebärde zurück.

»Vater, zwei kleine Pfefferminz!«, bestellte er.

Als eingeschenkt war, ergriff er das eine Glas und stieß damit an das andere, den Klempner mit einer freundlichen Gebärde zum Trinken auffordernd. Der Handwerksgesell ließ sich nicht lange nötigen.

»Prost!«, sagte er und goss den Likör mit einem Ruck hinunter.

»Auf baldigen, guten Verdienst!«, erwiderte der generöse Spender, und als der Klempner gedankt hatte und zur Tür schritt, rief er ihm nach: »Na, lassen Sie sich einmal wieder sehen, alter Freund! Vielleicht kann ich Ihnen gelegentlich mal etwas nachweisen, wobei ein paar Märker für Sie herausschauen.«

Sechstes Kapitel.

Der Klempner wird von Kaumann zum Vertrieb falscher Fünfmarkscheine angeworben

Am nächsten Abend stellte sich der arme Klempnergeselle wieder in der Kaschemme in der Weberstraße ein, in der man ihn so freundlich bewirtet hatte. Auch Kaumann war bereits anwesend und nickte dem Eintretenden freundlich zu. Der Klempner bestellte sich wieder einen billigen Kornschnaps und stützte wieder mit trübseliger Miene den Kopf auf.

»Na, alter Freund –«, tönte plötzlich eine laute Stimme in sein Ohr, »wie steht's denn? Ists nun mit der Arbeit vorbei?«

»Husaren-Wilhelm«, alias Kaumann, stand vor ihm, zog einen Stuhl unter dem Tisch hervor und setzte sich.

Er bestellte eine große Weiße und die obligaten Schnäpse dazu und lud den Klempner ein, zu trinken.

Der griff erfreut zu und tat einen tiefen Zug, um die Gelegenheit, auf eines andern Kosten sich gütlich zu tun, ordentlich wahrzunehmen. Dann gab er dem Fragenden Antwort. Die Klempnerarbeit auf dem Neubau sei beendet, der Meister habe ihn entlassen, da vorläufig nichts zu tun sei. Nun könne er wieder, wie gewöhnlich im Winter, den Schmachtriemen anziehen.

Kaumann tröstete. Ein junger, starker Kerl wie er würde schon bald etwas finden. Bis dahin würden wohl die Verwandten und guten Freunde helfen.

Der Klempner aber lachte bitter. Ihm gäbe kein Mensch auch nur einen Pfennig, Verwandte habe er in der Stadt nicht, und die guten Freunde stellten sich nur ein, wenn es was zu nassauern gäbe; sei man aber selber in der Not, dann machten sie sich höllisch rar.

Kaumann hörte mit sichtlichem Interesse den Klagen seines neuen Bekannten zu und erkundigte sich teilnehmend nach seinen weiteren Verhältnissen. Der

Klempner, der offenbar froh war, dass er einmal einen uneigennützigen Menschen getroffen hatte, der ein bisschen Interesse an ihm nahm, schüttete ihm sein ganzes Herz aus. Kaumann lächelte im Stillen. Das war wirklich einmal ein naiver Mensch, der sich von dem ersten besten, der ein freundliches Wort an ihn richtete, sozusagen bis aufs Hemd ausfragen ließ ...

Täglich sprach der Klempner von da ab in der »Hölle« vor, und auch Kaumann war immer anwesend, und fast jedes Mal traktierte er den armen Teufel, der von Tag zu Tag eine kläglichere Miene zeigte und immer noch keine Arbeit hatte, mit einem Glase Bier oder Schnaps. Ab und zu ließ er ihm auch eine belegte Stulle oder gar eine warme Wurst mit Kartoffelsalat geben, die dann der Klempner mit einem wahren Heißhunger und in unglaublich kurzer Zeit verputzte.

Auf Kaumanns Frage erzählte er, dass er seine Uhr und seine Ausgehkluft bereits versetzt habe, um sich über Wasser zu halten, und wenn er nicht bald Arbeit fände, dann wisse er nicht, was beginnen.

So verstrichen nahezu zwei Wochen. Eines Abends zeigte sich der Klempner besonders niedergeschlagen. Er war wie gebrochen und tat ganz verzweifelt. Seine Schlafstellenwirtin, der er schon seit zwei Wochen kein Schlafgeld mehr gezahlt, habe ihm erklärt, wenn er nicht in spätestens drei Tagen Zahlung leiste, würde er an die Luft gesetzt. In drei Tagen also läge er auf der Straße und dann bliebe ihm nur noch der Strick oder ein Sprung ins Wasser. Als obdachloser Mensch, als Vagabund vegetieren? Nein, lieber gleich von hinnen!

Über Kaumanns Gesicht zuckte ein Strahl der Befriedigung. Im nächsten Moment legte er dem neben ihm Sitzenden seine Hand beruhigend auf die Schulter. Der Klempner solle nur ruhig sein. Er werde ihn nicht verlassen. Dann ließ er dem armen Teufel etwas zu essen geben und zuletzt forderte er ihn auf, ihn zu begleiten. Sie hätten ja wohl denselben Weg und könnten ein Stück zusammengehen. Außerdem habe er ihm etwas zu sagen. Er wisse ein Mittel, seine – des Klempners – Not für immer ein Ende zu machen.

Der Klempner drückte dem Mitleidigen dankend die Hand und folgte willig. Auf der Straße schritten sie eine Weile schweigend nebeneinander, der eine abwartend, mit gesenktem Haupt, der andere überlegend und – wie es schien – mit einem Entschluss ringend. Plötzlich kehrte er sein Gesicht dem Gefährten zu.

»Ich habe Vertrauen zu Ihnen,« redete er den aufhorchenden, seinen Blick erhebenden Klempner an, »und möchte Ihnen helfen. Sie tun mir leid, wahrhaftig! Aber Vertrauen gegen Vertrauen! Zuerst müssen Sie mir eine Frage beantworten, aber offen und ohne Scheu. Haben Sie schon mal einen Konflikt mit dem Gesetz gehabt – ja?«

Der Klempner schien ganz verdutzt und erschrocken.

»Ich weiß nicht, wie – wie Sie das meinen«, stotterte er, während seine Augen scheu und verlegen blinzelten.

Kaumann gab ihm einen freundschaftlichen Rippenstoß.

»Na, alter Freund, Sie verstehen mich schon. Nur heraus mit der Sprache! Ich seh's Ihnen ja an Ihren Mienen an. Sie wissen, wie einem zumute ist, wenn einen die ›Polente‹ packt und wenn man dann vom Richter ›verknackst‹ und hinter schwedische Gardinen gesteckt wird. Habe ich recht?«

Aber der Klempner machte eine abwehrende Geste und wollte den Gekränkten spielen. Doch der andere lachte ihn aus.

»Tun Sie doch nicht so! Ach so, Sie genieren sich wohl vor mir und denken, ich werde gleich ein Grauen vor Ihnen kriegen und ausreißen. Im Gegenteil! Ich weiß ja aus eigener Erfahrung, wie leicht einem so was passieren kann.«

Der Sprechende lachte wieder laut auf, als er die erstaunte, überraschte und erschrockene Miene des Klempners sah.

»Jawohl –« bestätigte er. »Wie Sie mich hier sehen, bin ich schon dreimal Staatspensionär gewesen. Damals war ich ein dummer Kerl – wegen Betrug haben sie mich gekappt. Ich hatte die Sache zu ungeschickt angefangen. Heute aber sollen Sie mich nicht mehr kriegen. Aber nun will ich mal erst von Ihnen reinen Wein eingeschenkt haben. Wenn Sie mir nicht vertrauen, traue ich Ihnen auch nicht. Und dann kann ich Ihnen nicht helfen, so leid Sie mir tun.«

Der Klempner würgte und schluckte. Das Bewusstsein seiner verzweifelten Tage und die Offenherzigkeit des andern schienen endlich seine Scheu zu besiegen.

Also ja – er habe einmal vier Wochen und das zweite Mal drei Monate abgemacht. Das erste Mal wegen einer Schlägerei, das zweite Mal habe er von einem Neubau was mitgehen heißen. Da läge soviel herum, man brauche nur zuzugreifen. Eigentlich wäre es Sünde, einen armen Menschen so in Versuchung zu führen.

Kaumann lächelte.

Drei Monate! Einfacher Diebstahl! Das sei gar nichts. Er habe das letzte Mal zwei Jahre abgeschoben. Aber jetzt habe er etwas ganz Feines im Gange, und wenn der Klempner wolle, werde er ihn an der Sache beteiligen. Sechs, nein zehn Mark den Tag könne er dabei verdienen.

Der Klempner geriet förmlich in Ekstase. Zehn Mark den Tag! Nie im ganzen Leben hätte er geglaubt, dass ein einfacher Handwerksgesell soviel Geld verdienen könne. Zehn Mark! Dafür würde er gern schuften vom frühen Morgen bis zum späten Abend und seine Knochen nicht schonen, und wenn er gleich Blut dabei schwitzen müsse.

Aber Kaumann schüttelte mit dem Kopf und zeigte eine geringschätzige, verächtliche Miene.

Arbeiten? Na, so dumm! Mit ehrlicher Arbeit sei nichts zu verdienen. Mit der Ehrlichkeit könne einer ganz gut verhungern. Das wisse doch der Klempner aus eigener Erfahrung. Er für sein Teil sei nicht so dumm, sich für andere zu plagen, und dabei nicht mal soviel zu ergattern, um davon anständig leben zu können. Nein, da wisse er was Besseres, Bequemeres.

Dabei griff er in seine Tasche und zog einen Geldschein heraus, entfaltete ihn und reichte ihn dem Klempner. Mit verschmitzter Miene sagte er zu dem erstaunt und begierig Zugreifenden: »Was ist das?«

Der Klempner trat an die nächste Laterne und betrachtete den Schein aufmerksam. Seine Augen blitzten wie im Triumph. Darauf drehte er sich zu dem hinter ihm Stehenden um und entgegnete gelassen, anscheinend gänzlich verständnislos:

»Das ist ein Fünfmarkschein.«

»Ist Ihnen nichts daran aufgefallen?«

»Aufgefallen? Nein! Was sollte mir denn daran auffallen?« versetzte der Klempner, arglos wie ein Kind.

Der andere aber zeigte ein geheimnisvolles Gesicht. Darauf sagte er mit lächelnder, pfiffig-überlegener Miene:

»Wie viel wollen Sie davon haben? Sie brauchen bloß zu sagen. Zehn, hundert, zweihundert? Ich lasse sie Ihnen alle per Stück mit drei Mark.«

Der Klempner riss Mund und Augen weit auf, schüttelte mit dem Kopf und sah seinen Begleiter misstrauisch an. Er wolle sich doch bloß einen Spaß mit ihm machen. Einen Fünfmarkschein für drei Mark? Das sei doch ganz ganz unmöglich. Da müsse er doch zwei Mark dabei verlieren.

Aber der andere lächelte verschmitzt und versetzte dem ungläubig Dreinschauenden einen sanften Rippenstoß. Ob er denn nicht Lunte rieche? Die Sache sei doch ganz einfach und die Lösung des Rätsels läge doch sehr nahe. Damit beugte sich der Sprechende zu dem Ohr des wie erstarrt Dastehenden hinab. Das seien doch natürlich keine echten, sondern nachgemachte Scheine. Aber beileibe keine sogenannte Blüten, denen jeder auf drei Schritte Entfernung bereits ansähe, was mit ihnen los sei.

Nein, diese Scheine da seien von einem echten kaum zu unterscheiden. Es müsse einer schon gut Bescheid wissen und scharf nachsehen, wenn er erkennen wolle, dass es sich um nachgemachtes Geld handele. Der Klempner liefe gar keine Gefahr, wenn er wolle, könne er von nun an ein herrliches Leben führen, ohne auch nur eine Hand zu rühren. Er brauche nur alle Tage ein paar Stunden spazieren zu gehen und ab und zu in einen Laden eintreten, um eine Kleinigkeit zu kaufen, und dabei einen der Fünfmarkscheine wechseln.

Aber der Klempner schien sehr betreten und bestürzt. Mit schreckensvollen Augen schaute er den Versucher an. Dann äußerte er stammelnd, verwirrt, wie betäubt, dass das eine zu brenzliche Sache wäre. Darauf stände doch Zuchthaus. Nein, davor habe er viel zu viel Furcht.

Kaumann aber setzte seine Überredungskünste mit Eifer fort. Er solle doch nicht ein so furchtsamer Hase sein. Wenn er die Sache nur einigermaßen geschickt anfange, und vor allem sicher und ruhig aufträte, könne ihm im ganzen Leben nichts passieren. Freilich, wenn er vorziehe, sich von seiner Wirtin aufs Straßenpflaster setzen zu lassen, im Asyl zu übernächtigen und am Tage als Fechtbruder sein bisschen Essen vor den Türen zusammenzubetteln, dann wolle er ihn nicht davon abhalten. Er, Kaumann, habe ihm ja nur einen Gefallen erweisen und ihm ein Leben voll Freude und Herrlichkeit eröffnen wollen. Er solle sich das mal vorstellen: Ein hübsches Zimmer könne er sich mieten, anstatt in einer schmutzigen, plundrigen Schlafstelle zu liegen, sich fein kleiden, die besten Restaurants besuchen, sich an den schönsten Speisen satt essen, trinken nach Herzenslust, kurz, ein Leben wie ein Baron führen, denn er habe ja immer die Tasche voll Geld. Ob er denn nicht das Märchen vom »Tischlein, deck dich« kenne? Geradeso wäre er daran, wenn er zugriffe.

Da endlich hob der Klempner wieder sein Gesicht, auf dem nur noch ein Rest schwachen Widerstrebens zuckte. Ob denn die Sache wirklich nicht gefährlich wäre?

»Nicht die Spur –« entgegnete der andere eifrig. »Wenn Sie z. B. in feiner Kleidung in einen Zigarrenladen treten, fordern ein halbes Dutzend Zigarren, 10 Pf. das Stück, und werfen so ganz nonchalant einen Fünfmarkschein auf den Ladentisch, – glauben Sie, dass der Verkäufer dann den Geldschein erst genau untersuchen wird? Fällt ihm gar nicht ein! Er legt ihn einfach in die Kasse und zahlt Ihnen ohne Weiteres 4,40 Mk. auf den Tisch. Aber selbst, wenn wir den ganz undenkbaren Fall annehmen, der Kaufmann erkennt, dass der Schein falsch ist, dann ist auch noch nichts verloren, dann stellen Sie sich einfach erstaunt und entrüstet, schimpfen auf den Kerl, der Ihnen das falsche Geld in die Hand geschmuggelt hat, stecken den Fünfmarkschein ein und erklären, sofort Anzeige bei der Polizei erstatten zu wollen, und legen für die Zigarren sechs Nickel auf den Tisch. Glauben Sie, dass der Ladeninhaber Lärm schlagen und sich zeitraubenden Weiterungen aussetzen wird? Der steckt die sechs Groschen ein und für ihn ist die Angelegenheit erledigt.«

Die Augen des Klempners leuchteten, er nickte. Das schien ihm einzuleuchten.

»Sie haben recht!«, rief er entschlossen. »Der Teufel soll mich holen, wenn ich länger solch ein Esel bin und am Hungertuch nage, wenn mir eine so schöne Gelegenheit geboten wird, endlich einmal den ganzen Jammer loszuwerden. Ja, ich will auch einmal kennenlernen, wie es ist, wenn man die Tasche voll Geld hat und aus dem Vollen leben kann. Abgemacht, ich bin Ihr Mann!«

Kaumann ergriff die ihm von dem Klempner, der jetzt ganz Feuer und Flamme war, gebotene Hand und drückte sie herzhaft.

»Na, also! Ich hab's ja gewusst.«

Darauf fasste er in seine Rocktasche und brachte ein kleines Paket – lauter Fünfmarkscheine – zum Vorschein und zählte davon zehn Stück ab.

»Also dann sind wir einig. Sie gehen morgen an die Arbeit. Übermorgen Abend treffen wir uns in der ›Hölle‹. Hoffentlich werden Sie dann die paar Scheine abgesetzt haben. Sie zahlen mir 30 Mk. und kriegen neue Scheine. Na, viel Glück!–«

Sie schieden im besten Einvernehmen. Der Klempner warf von Zeit zu Zeit einen kurzen, verstohlenen Blick über die Schulter. Er merkte wohl, dass der andere ihm vorsichtig folgte. Spöttisch lachte er vor sich hin. Das hatte er nicht anders erwartet.

In die nächste Destille, an der ihn sein Weg vorüberführte, trat er ein. Als er nach einer halben Stunde die Straße betrat, war von Kaumann nichts mehr zu sehen. Die Zeit war ihm wahrscheinlich zu lang geworden. Auch mochte er seiner Sache nicht sicher sein, hatte er doch den Klempner 14 Tage lang aufs Schärfste beobachtet und nicht ein einziges Mal irgendetwas Verdächtiges, irgendetwas Auffallendes, das nicht im Einklang mit seiner Eigenschaft als armer, stellungsloser Klempnergesell gestanden hätte, an ihm wahrgenommen ...

Kommissar Weigand war nicht wenig überrascht, als er noch spät am Abend – es war kurz vor 10 Uhr – den Besuch Feldaus erhielt. Mit triumphierender Miene hielt der Polizeiagent – er und der arme Klempnergeselle waren natürlich ein und dieselbe Person – seinem Vorgesetzten die erbeuteten zehn Fünfmarkscheine entgegen, die der Kommissar sofort als falsche Scheine von derselben Sorte, wie die schon früher konfiszierten, rekognoszierte. Darauf berichtete Feldau, wie Kaumann endlich in die ihm gestellte Falle gegangen sei.

Kommissar Weigand hatte einen so raschen und vollständigen Erfolg kaum erwartet. Er bewunderte ehrlich und mit rückhaltlosem Lobe die eminente Geschicklichkeit, mit der Feldau die Rolle des Klempners gespielt und den vorsichtigen, schlauen Verbrecher überlistet hatte. Nun waren die Mühen der letzten Wochen nicht vergebens gewesen, nun war der Beweis erbracht, dass Kaumann bei dem Münzverbrechen, das die Kriminalpolizei schon seit Monaten beschäftigte, die Hand im Spiele hatte. Freilich, der schwierigste Teil der Arbeit lag noch vor ihnen, wer war der Mann, von dem Kaumann die Scheine erhielt?

Siebentes Kapitel.

Feldau spielte vorläufig die Rolle des Klempners weiter. Er besuchte noch einmal die Kaschemme, um

Kaumann mitzuteilen, dass es ihm nur gelungen war, vier der Scheine abzusetzen. Er habe jedes Mal gezittert und gebebt, und es koste ihm immer einen entsetzlichen Kampf, bevor er sich entschließen könne, einen der falschen Fünfmarkscheine auf den Ladentisch zu legen.

Kaumann lachte. Das kannte er von den andern. Na, mit der Zeit lege sich das. Von da ab kamen die beiden an einem anderen Ort zusammen, im Freien, an einem einsamen Platz, an dem kein Unbeteiligter, kein Lauschender sie überraschen oder beobachten konnte.

Es war an einem der nächsten Abende, als Kaumann mit leeren Händen erschien und lachend erklärte, dass er ausverkauft habe. Das Geschäft gehe glänzend.

Feldau stellte sich erschrocken und betrübt. Was denn nun werden solle? Kaum habe er sich ein bisschen eingearbeitet, und nun solle er schon wieder feiern.

Aber Kaumann schüttelte lächelnd mit dem Kopf.

»Nur ein paar Tage, dann gibt's wieder frische Ware. Mein Lieferant hat mir Nachricht gegeben. Wir treffen uns an einem der nächsten Abende. Von übermorgen ab können Sie mich wieder hier erwarten.«

Feldau hätte beinahe einen Freudelaut ausgestoßen. Da schien man ja schneller, als er zu hoffen gewagt, ans Ziel zu kommen. Wenn man erst festgestellt haben würde, wer dieser Lieferant Kaumanns war – aller Vermutung nach der Generalvertreiber der Falsifikate, der sie von dem Hauptschuldigen, dem Fälscher, selbst erhielt – dann hatte man ja gewonnenes Spiel, dann würde auch der Falschmünzer und seine Werkstätte entdeckt werden. Und dann – den Polizeiagenten durchrieselte es heiß – dann würde sich auch sein sehnlichster Wunsch erfüllen, dann erhielt er die feste Anstellung als Kriminalschutzmann, dann konnte er seinen kleinen Schatz, die süße, liebe, blonde Käthe heiraten. Dann lag der Weg zu Ehre und Ansehen vor ihm, dann konnte er Kriminalwachtmeister werden und es später vielleicht gar einmal, wenn ihm weitere große Erfolge beschieden waren, zum Kriminal-Kommissar bringen.

Natürlich wurde Kaumann von den Leuten des Kommissars jetzt noch emsiger als vorher beobachtet, und richtig, schon zwei Tage später hatte Weigand – er war mit einem seiner Kriminalschutzleute selbst auf dem Posten – das Glück, Kaumann sich der Königs-Allee, von der Saarbrücker Straße her, nähern zu sehen. Er schlenderte anscheinend nachlässig, nur um sich, wie es schien, in der frischen Luft zu ergehen, dahin.

Weigand aber bemerkte wohl, dass er von Zeit zu Zeit vorsichtig um sich spähte. Nun war größte Vorsicht geboten. Der Kommissar nahm mit seinem Begleiter in dem Eckhause der in die Königs-Allee mündenden Belforter Straße Stellung, von wo aus er einen Teil der Allee übersehen konnte.

Kaumann aber schritt weiter hinauf, wo die Häuser aufhörten und die Allee sich in die Chaussee verlor. Aber nach einer Weile kam er zurück und schritt dem Königs-Tor zu, kehrte aber schon nach ein paar Minuten wieder um und näherte sich wieder der Belforter Straße, wo die Beamten in größter Spannung auf ihrem Lauscherposten standen.

Es war in der achten Abendstunde, die Allee, war an dem oberen Ende fast menschenleer. Nur hin und wieder kamen ein paar Fußgänger vorüber, die wegen des kühlen und regnerischen Wetters in Eile ihren Wohnungen zustrebten.

Da erschien plötzlich von dem unteren Ende der Allee her ein ziemlich großer, schlanker Herr und ging dem Kaumann, der gerade die Richtung des Königs-Tores verfolgte, entgegen.

Der Kriminalkommissar konnte, so oft er auch schon spannende Kriminaldramen sich hatte entwickeln sehen und so abgestumpft er gegen Überraschungen und sensationelle Ereignisse war, sich eines ihn heiß durchströmenden Schauers nicht erwehren. Das Herz klopfte ihm höher und er strengte seine Augen aufs Schärfste an. Jeder Bewegung des fremden, gelassen, in gleichmäßigem Tempo näherkommenden Mannes folgte er mit gespanntester Aufmerksamkeit. Jetzt trafen die beiden Männer zusammen – im nächsten Augenblick mussten sie beieinander stehen bleiben. Aber was war das?

Ein abkühlendes Gefühl unangenehmer Enttäuschung dämpfte die Erregung des Kommissars. Sie gingen aneinander vorbei, ohne einen Gruß, ohne auch nur ein Zeichen des Einverständnisses auszutauschen. Also nichts; die beiden kannten einander nicht. Es war nur ein Zufall, dass sie aneinander vorübergegangen waren. Jetzt verfolgte jeder seinen Weg in der entgegengesetzten Richtung. Ein Fehlschlag – man war daran gewöhnt. Das Amt des Kriminalbeamten erforderte nicht nur Unerschrockenheit, Kaltblütigkeit und listige Kombinations-

gabe, sondern auch ein vollgerütteltes Maß von Aus-
dauer und Geduld.

Aber was tat Kaumann hier? Wartete er ebenfalls vergeblich? Da – dem Beobachter gab es einen Ruck – die
beiden Männer waren nach einigen Hundert Schritt
wieder umgekehrt und gingen nun abermals aufeinander los. Diesmal nahmen sie die Richtung direkt aufeinander, und nachdem jeder noch einmal kurz Umschau
gehalten und sich überzeugt hatte, dass niemand in der
Nähe war, begrüßten sie sich mit einem Händedruck
und begannen lebhaft miteinander zu sprechen.

Die Kriminalbeamten ließen keinen Blick von den
Männern; vornübergebeugt, standen sie in fiebernder
Spannung, und ihre geistige und körperliche Tätigkeit
konzentrierte sich während der nächsten Sekunden in
ihren Sehorganen. Ein stürmisches Gefühl der Befriedigung und an Ausruf freudiger Genugtuung entschlüpfte
den Lippen des Kommissars. Der Fremde, der neben
Kaumann stand, hatte in die Tasche gegriffen und dem
andern ein kleines Paketchen zugesteckt. Kein Zweifel,
es war der Generalvertreiber des Falschgeldes, sozusagen der Generalagent des Falschmünzers, dessen Aufgabe es war, den Absatz der falschen Scheine zu leiten.
Einen Moment lang durchrüttelte den Kommissar der
Impuls, hinzueilen und Kaumann sowohl wie seinen
Komplizen festzunehmen. Aber diese Regung schwand
sofort wieder. Nichts wäre törichter gewesen als das.

Nein, das nächste war, die Persönlichkeit des Fremden
festzustellen, natürlich, ohne dass er oder Kaumann eine
Ahnung davon hatte.

Die beiden Männer trennten sich wieder; die ganze Unterredung hatte nicht länger als vier oder fünf Minuten gedauert. Der Unbekannte bog, nachdem er Kaumann zum Abschied die Hand gereicht, in die Belforter Straße ein. Als er bei dem Hause, in dem die beiden Beamten auf der Lauer standen, vorüber war, traten sie vorsichtig auf die Straße hinaus und folgten dem Vorausschreitenden unauffällig, sie konnten ihn jetzt besser in Augenschein nehmen als vorher und mit starkem Interesse machten sie ihre Beobachtungen weiter. Seine Gestalt war groß und hager; er war sehr gut gekleidet. Ein grauer Ulster umschloss ihn fast bis zu den Füßen; ein weicher, grauer, in der Mitte eingedrückter Filzhut saß auf seinem Kopf und in der Hand trug er ein elegantes Spazierstöckchen. Die Farbe seines Haares war in der Dunkelheit und in der Entfernung nicht zu erkennen. Es blieb übrigens zur Beobachtung nur wenig Zeit, denn der ahnungslos Vorausschreitende betrat ein ungefähr in der Mitte der Straße gelegenes Haus.

Die Beamten fassten auf der andern Seite Posto und ließen ihre Blicke zu den Fenstern der verschiedenen Etagen des Hauses hinüberschweifen. Es dauerte nicht lange, als sich zwei Fenster in der dunklen Parterrewohnung erhellten und die Gestalt im Ulster am Fenster erschien, um die Rollos herabzulassen.

Der Kommissar hieß seinen Begleiter warten und ging selbst zu dem Hause hinüber, um den auf dem Flur aufgehängten »Stillen Portier« zu befragen. Als Mieter der Parterre-Wohnung war verzeichnet: »Bratz, Bäcker«.

Während Weigand zu seinen Beamten zurückkehrte, sann er nach. Bratz? Kannte er nicht einen Mann dieses

Namens? Richtig, da fiel ihm ein, dass er einen Bäcker Bratz vor Jahren wegen Falschspiels verhaftet hatte, nachdem er in längerer Observation das Delikt festgestellt. Auch der Kriminalschutzmann kannte die Affäre, in der er seinerzeit einige Beobachtungen gemacht und über die er bei der gerichtlichen Verhandlung, die zur Verurteilung des Bratz geführt, bekundet hatte. Die Beamten tauschten ihre Erinnerungen aus und sie einigten sich in der Ansicht, dass der Mann im Ulster und Bratz nicht ein und dieselbe Persönlichkeit waren. Der Bratz war um gut einen halben Kopf kleiner und dazu auch korpulenter gewesen.

Wer konnte der Unbekannte sein? Während sie die Straße hinabschritten, ließen sie die Komplizen des Bratz, die mit ihm seinerzeit auf der Anklagebank gesessen, vor ihrer Erinnerung Revue passieren. Aber soweit sie sich erinnern konnten, befand sich niemand darunter, dessen Erscheinung der des Mannes im Ulster entsprochen hätte.

Es blieb also nichts übrig, als nach dem Revier-Polizeibüro zu gehen und hier Erkundigungen einzuziehen.

Kommissar Weigand erfuhr hier, dass Bratz ein möbliertes Zimmer an seinen Schwager, einen gewissen Spangenberg, vermietet hatte. Dieser Spangenberg sei wegen Münzverbrechens vorbestraft.

Wegen Münzverbrechens! Wie eine feurige Lohe schlug es in dem Kriminalkommissar hoch. War Spangenberg vielleicht der Falschmünzer selber, befand sich in der Wohnung des Bratz eine Falschmünzerwerkstatt?

Äußerlich ließ sich Weigand vor den Beamten im Revierbüro nichts anmerken. Er äußerte mit keinem Wort, dass er Spangenberg irgendeines Verbrechens für verdächtig hielte. Im Gegenteil, er erklärte ausdrücklich, dass gegen Spangenberg und Bratz nichts vorliege, und dass er sich auf einer falschen Fährte befunden habe. Je weniger von der Angelegenheit wussten, desto besser. Dieser Spangenberg schien jedenfalls ein schlauer Fuchs, gegen den mit aller Vorsicht und in aller Heimlichkeit operiert werden musste. Der Kommissar selbst kannte ihn nicht und wusste über ihn nichts weiter, als er im Revierbüro erfahren hatte. Seine Festnahme und Verurteilung musste in einer Zeit geschehen sein, als er – Weigand – seine jetzige Stellung noch nicht innegehabt hatte.

Am andern Morgen ließ sich der Kommissar im Polizeipräsidium die Akten des Spangenberg kommen. Die letzte Strafe hatte er allerdings schon vor acht Jahren erhalten; er hatte fünf Jahre Zuchthaus abgesessen wegen gewerbsmäßigen Vertriebs von Falschgeld, und zwar in demselben Zuchthaus und zum Teil in derselben Zeit, wie Lomnitz. Freilich, sie waren nicht wegen derselben Sache bestraft worden, immerhin ließ sich annehmen, dass sie im Zuchthaus miteinander bekannt geworden waren. Es schien nicht ausgeschlossen, dass Spangenberg sich an seinem ehemaligen Zuchthausgenossen herangemacht hatte, und nun mit ihm in Kompanie arbeitete. Er selber war allem Anschein nach bei der Verfertigung der falschen Scheine nicht tätig, denn er war, wie die Akten ergaben, von Beruf Buchbinder, und besaß wohl keine mechanische Fähigkeiten, die ihn zur Herstellung von Banknoten qualifiziert hätten.

Achtes Kapitel.

Feldau als Verwandlungskünstler

Kommissar Weigand enthob nun seinen Polizeiagenten der ferneren Observation des Kaumann, die er einem seiner Kriminalschutzleute übertrug, um ihn mit der weit schwierigeren und gefahrvollen Aufgabe zu betrauen, Spangenberg, den Hauptakteur, und, wie es schien, den Anstifter des Münzverbrechens zu beobachten.

Charakteristisch, und ein Beweis von Spangenbergs Schlauheit und kluger Berechnung war es, dass er die Herstellung von kleinem Papiergeld betrieben hatte. Ein weniger erfahrener und vorsichtiger Verbrecher würde wertvollere Scheine, Zwanzig-, Fünfzig- oder Hundertmarkscheine bevorzugt haben, Spangenberg aber hatte sich gesagt, dass der Vertrieb von Fünfmarkscheinen viel gefahrloser war und doch trotz des kleinen Betrages oder gerade wegen desselben schließlich viel einträglicher sein würde, als der von Hundertmarkscheinen. Einen großen Schein sieht sich jeder genauer an, und außerdem konnte ein Schein, der einen so hohen Betrag darstellte, nur in größeren Geschäften gewechselt werden, in denen man naturgemäß besser in der Lage ist, Falsifikate von echten Scheinen zu unterscheiden. Einen Fünfmarkschein aber konnte man jederzeit, auch in den kleinsten Kellergeschäften, umsetzen, und bei dem Wechseln eines so kleinen Scheines machte niemand große Umstände, schließlich konnten Hundertmark-scheine, wenn man nicht von vornherein Verdacht erregen wollte, nur von besser gekleideten Personen verausgabt werden, wodurch die Schwierigkeit des Absetzens wiederum gesteigert worden wäre.

Feldau ging mit großem Eifer und mit dem festen Vorsatz an seine Aufgabe. Umsichtig traf er die Vorbereitungen, die ihm nötig erschienen, um an einen so gewiegten, vorsichtigen und misstrauischen Verbrecher, wie es Spangenberg offenbar war, heranzukommen. In dem der Bratzschen Wohnung gegenüberliegenden Hause fand sich im zweiten Stockwerk ein freistehendes, möbliertes Zimmer bei einer Witwe, das für seine Zwecke besonders geeignet erschien. Die Wohnungsinhaberin war eine Waschfrau, ohne jeden Anhang, die in der Regel den ganzen Tag über außer dem Hause beschäftigt war, und die zudem weitere Zimmer nicht zu vermieten hatte.

Feldau war also in seinem Zimmer sowohl wie beim Aus- und Eingehen nicht geniert. Er mietete sich also hier ein und gab an, dass er stellungsloser junger Kaufmann wäre. So konnte es nicht auffallen, dass er sich zu verschiedenen Tageszeiten stundenlang zu Hause aufhielt und dann wieder stundenlang abwesend war. Der Vorsteher des betreffenden Polizeireviers wurde von dem wahren Charakter des neu zugezogenen Chambregarnisten diskret verständigt, sodass sich die Anmeldung seitens der Wirtin glatt vollzog.

In kluger Voraussicht aller Eventualitäten brachte der Polizeiagent in seinem Koffer vier besondere Kostüme mit in sein Interimszimmer. Die Uniform eines Post-

Unterbeamten, das Kostüm eines Dienstmannes, die Uniform eines Straßenbahnschaffners und ein sehr reduziertes Habit, das ihn als einen jener »Pennbrüder« erscheinen ließ, die allmorgendlich und allabendlich die Königs-Allee und Chaussee unsicher machten, in der sich das städtische Asyl für Obdachlose befand.

Zunächst informierte Feldau sich über die Lebensgewohnheiten seines Observanten. Spangenberg pflegte weit in den Vormittag hinein zu schlafen, und sich überhaupt während des größten Teils des Tages in seinem Zimmer aufzuhalten. An manchen Tagen verließ er das Haus überhaupt nicht, und nur zwei- oder dreimal in der Woche ging er in der Abendstunde aus. Natürlich gehörte es zu des Polizeiagenten Aufgabe, Spangenberg in solchen Fällen überallhin zu folgen und auszukundschaften, mit welchen Personen er in Verbindung stand.

Das war bei der gewitzigten und argwöhnischen Verbrechernatur des Observanten keine einfache Sache.

Feldau schlug deshalb ein neues, ihm von seinem Vorgesetzten Kriminalkommissar Weigand empfohlenes Verfahren ein, das dieser schon selbst mehrfach mit Erfolg angewandt hatte.

Bekanntlich ist es sonst üblich, dass die Kriminalbeamten den von ihnen observierten Personen in kurzen Entfernungen folgen. Erfahrene Verbrecher aber wurden es häufig bald gewahr, dass sich einer der gefürchteten und gehassten »Greifer« an ihre Fersen gehängt hatte, und sie leisteten sich nicht selten das Vergnügen, an einer Straßenecke haltzumachen und dem ahnungslosen Verfolger, wenn er in die andere Straße einbog, höhnisch ins Gesicht zu lachen. Natürlich war es dann, abgesehen von dem moralischen Nachteil, für den Tag unmöglich, den Observanten weiter zu verfolgen.

Deshalb war Kommissar Weigand auf den Gedanken gekommen, dem Verbrecher, den er beobachten wollte, nicht zu folgen, sondern ihm auf der anderen Straßenseite vorauszugehen und ihn durch gelegentliches vorsichtiges Blicken über die Schulter zu observieren. Schwierig war dieses Verfahren natürlich in hohem Grade und es erforderte viel Vorsicht und Gewandtheit, den Observanten dabei überhaupt nicht aus den Augen zu verlieren. Die Gefahr aber, von dem Verbrecher bemerkt zu werden, lag bei diesem Manöver weniger nahe, denn der Verbrecher, der eine Beobachtung argwöhnte, achtete natürlich mehr auf die Vorgänge hinter seinem Rücken, als auf das, was sich vor ihm abspielte.

Feldau begleitete in dieser Weise den Spangenberg auf allen seinen Gängen und er wechselte dabei mit seinen verschiedenen Kostümen ab. Er stellte fest, dass Spangenberg außerhalb seiner Wohnung nur mit Kaumann und sonst mit keinem anderen Mann zusammentraf. Auch verkehrte der Beobachtete niemals in Verbrecher-Kaschemmen, sondern ausschließlich in besseren Restaurants. Bei solchen Besuchen pflegte Spangenberg oft Begleitung zu haben, und zwar ausschließlich weibliche.

Feldau machte die immerhin interessante Entdeckung, dass Spangenberg ein großer Don Juan war und lebhaften Verkehr mit verschiedenen Damen unterhielt. Der Verbrecher, der keinerlei Erwerb betrieb, hatte viel freie Zeit, die er nun nach seinem Geschmack und seiner Neigung verbrachte. Dass der Don Juan solche Anziehungskraft auf die Frauen ausübte, setzte den Beobachter eigentlich in Verwunderung, denn ein schöner Mann konnte Spangenberg nicht genannt werden, wenn er auch nichts alltägliches hatte, sondern als eine ungewöhnliche Erscheinung gelten konnte, die aber eigentlich mehr Scheu und Furcht zu erregen geeignet war, als Sympathie.

Doch vielleicht machte gerade dieses etwas exotische Exterieur, der Hauch des Geheimnisvollen, Ungewöhnlichen, Fremdartigen, der den Verbrecher umschwebte, ihn interessant und übte auf die sensationslüsternen Damen einen unwiderstehlichen Reiz aus. Oder waren andere Gründe vorhanden, die dem Verteiler der falschen Geldscheine die Gunst der Frauen gewann? Besaß er unter ihnen Helferinnen, Mitschuldige?

Natürlich ließ es sich Feldau mithilfe der von seinem Vorgesetzten dazu beorderten Kriminalbeamten angelegen sein, sich über diese wichtige Frage Gewissheit zu verschaffen. Es ließ sich aber unschwer feststellen, dass die betreffenden Damen in dieser Hinsicht nicht in Betracht kommen konnten.

Zur Überraschung der Beamten ergab sich, dass alle diese offenbar in den Don Juan aufrichtig verliebten Damen unbescholtenen, guten Bürgerfamilien, ja, zum Teil den höheren Gesellschaftsschichten angehörten. Die verliebten, abenteuerlustigen Schönen hatten sicherlich nicht die geringste Ahnung, dass sie ihr Interesse einem ehemaligen Zuchthäusler, dem Genossen eines Falschmünzers, schenkten.

Feldau machte ferner die Wahrnehmung, dass Spangenberg viele Briefe erhielt. Seine Vermutung, dass das zumeist zärtliche Billettsdour waren, erwies, sich in der Folgezeit als richtig. Ein neuer Beweis für Spangenbergs außerordentliche Vorsicht lieferte die weitere Beobachtung, dass der Verbrecher selbst nie einen der von ihm doch in Generalvertrieb genommenen falschen Fünfmarkscheine verausgabte. Er zahlte seine und seiner Begleiterinnen Zeche stets mit gutem Gelde, und auch bei seinen gelegentlichen Einkäufen in Zigarrenläden und anderen Geschäften gab er nie, wie der Polizeiagent ebenfalls feststellte, einen der falschen Scheine in Zahlung. Da Spangenberg aber, außer mit Kaumann, nie mit anderen Männern in Berührung kam, so blieb es ein Rätsel, wie er in den Besitz der Falsifikate gelangte. Mit dem Falschmünzer hatte er offenbar keine direkte Verbindung. Wer war die Mittelsperson, die als Bote zwischen dem Hersteller des Falschgeldes und seinen »Generalagenten« tätig war?

Allem Anschein nach traf er mit diesem noch zu ermittelnden Vermittler und mit anderen Komplizen innerhalb der Bratzschen Wohnung zusammen.

Feldau musste deshalb unter allen Umständen versuchen, Zutritt zu dieser Wohnung zu erlangen. Das war natürlich leichter beschlossen als ausgeführt. So sehr Feldau auch über dieses Problem nachsann, es bot sich nur ein Mittel, sein Vorhaben zur Ausführung zu bringen. Aber dieses eine Mittel behagte dem jungen Mann wenig. Das Bratzsche Ehepaar stand im Lebensalter von einigen dreißig Jahren und hatte drei Kinder zwischen 4 und 8 Jahren. Zu den weiteren Angehörigen des Bratzschen Haushaltes gehörte außer Spangenberg nur noch ein Dienstmädchen. Minna war bereits zwei Jahre älter, als der im 26. Lebensjahre stehende Polizeiagent, und ihre körperlichen Reize waren auch nicht geeignet, eine besondere Anziehungskraft auf die Männerwelt auszuüben. Dazu kam, dass Feldau verlobt und seiner Käthe mit größter Innigkeit zugetan war.

Käthe Wagner war die Tochter eines ehrsamen Tischlermeisters, der durch große Lieferungen für Bauten ein kleines Vermögen erworben hatte. Der alte Wagner hatte erst nach langem Widerstreben der Bitte des verliebten Töchterchens, das erst 20 Jahre zählte, nachgegeben und in die Verlobung mit dem wenn auch tüchtigen und soliden, aber doch völlig mittellosen jungen Schlossers eingewilligt.

Sehr ärgerlich war Wagner gewesen, als Feldau plötzlich seine Stellung als Kassenbote aufgegeben und in Polizeidienste getreten war.

Feldau liebte zwar sein Mädchen sehr und war gern bereit, ihr zuliebe alles Mögliche zu tun. Seiner eigenen Neigung aber aus Rücksicht auf ein, wie ihm schien, unberechtigtes Vorurteil seines Schwiegervaters Zwang anzutun, das litt sein männliches Selbstgefühl nicht. Aber freilich, vor dem Gedanken, was die Eltern Käthes und was diese selbst sagen würden, erführen sie durch einen Zufall, dass er einen Liebeshandel mit einem Dienstmädchen angeknüpft hatte, graute ihm doch.

Dennoch blieb kein anderer Weg zu genaueren Erkundigungen über die Verhältnisse der Familie Bratz, über ihre Besucher, über die Einteilung der Wohnung und schließlich in diese selbst zu gelangen, als ein Liebesverhältnis mit dem Dienstmädchen Minna.

Feldau musste wohl oder übel in den nicht eben rotwangigen sauren Apfel beißen und sich an Minna heranmachen.

Er tat dies in der Maske eines unverheirateten Straßenbahnschaffners und Minna zeigte sich nichts weniger als unzugänglich. Der hübsche, flotte, junge Mann in der kleidsamen, graugrünen Uniform gefiel ihr ausnehmend, dazu kam die schöne Aussicht, endlich einmal des nicht angenehmen Loses überhoben zu werden, unter fremden Menschen ihr Brot zu suchen und sich die Launen der Hausfrau und die Ungezogenheiten der Kinder gefallen lassen zu müssen. Als Frau eines festangestellten Straßenbahnschaffners winkte ihr die Selbstständigkeit, ein eigener häuslicher Herd, und die sonstigen Freuden der Liebe und Ehe, die damit verknüpft waren, ließen natürlich ihr warm empfindendes, sehnendes Mädchenherz nicht gleichgültig.

Feldau brachte zunächst allerlei über Bratz in Erfahrung, das für ihn von höchstem Interesse war.

Bratz hatte früher eine kleine Bäckerei besessen, hatte aber nicht bestehen können und deshalb wieder als Geselle eintreten müssen. Das hatte ihm aber auf die Dauer nicht behagt, und er hatte sich auf einen Erwerb gelegt, der wenig anstrengend war und nur wenig Mühe und Zeit in Anspruch nahm, der aber ungesetzlich und deshalb gefahrdrohend war.

Feldau wusste bereits aus gelegentlichen Äußerungen seiner Polizei-Kollegen, dass die Bäcker zumeist, leidenschaftliche Hasardspieler sind. Ihre unregelmäßige Lebensweise trägt wohl dazu bei, dass den jungen Leuten, die sich diesem Berufe widmen, die Leidenschaft für das Spiellaster bald in Fleisch und Blut übergeht.

Die Bäcker arbeiten bekanntlich des Nachts. Den Vormittag über schlafen sie und nur des Nachmittags bis etwa zur neunten Abendstunde können sie ihren Hang nach Zerstreuung und Vergnügen befriedigen. In den öffentlichen Lokalen und Herbergen zu spielen, ist zu gefährlich, und so frönen die Bäcker ihrer Leidenschaft für das Hasard am liebsten in der Wohnung des älteren Gesellen, den sie dann den »Spielbooß« nennen. Zu einer solchen Spielbank werden nur die dem »Booß« oder seinen Freunden bekannten Bäckergesellen zugelassen. Ab und zu werden solche Bäcker-Spielgesellschaften von der Polizei aufgehoben.

In den meisten Fällen hält der »Booß« die Bank selbst, zuweilen aber hat er auch einen »Zocker«, d. h. einen Bankhalter, mit dem er selbstverständlich unter einer Decke steckt, denn fast immer wird falsch gespielt, und zwar mit präparierten Karten.

Ein solcher »Spielbooß« war auch Bratz, der Schwager Spangenbergs. In dem großen Vorderzimmer der Bratzschen Wohnung, neben dem Spangenbergs Zimmer lag, versammelte sich jeden Nachmittag und Abend eine Gesellschaft von etwa 90 Personen, um gemeinschaftlich das Glück im Spiel zu versuchen.

Die armen Bäckergesellen ahnten nicht, dass sie wenig oder gar keine Chancen hatten, zu gewinnen, denn nicht das Glück, d. h. der Zufall, entschied über Gewinn und Verlust, sondern die geschickte Hand des »Zockers«.

Feldaus höchster Wunsch war, persönlich einen Einblick in die Bratzschen Verhältnisse zu gewinnen. Zutritt zu der Wohnung selbst und zu dem Spielzimmer zu erlangen, erschien allerdings kaum möglich denn Minna hatte ihm mitgeteilt, dass besonders in den Abendstunden die Korridortür und jeder Eintretende von Bratz oder seiner Frau kontrolliert wurden.

Die Wohnung bestand aus vier Zimmern und der Küche. Außer den beiden Vorderzimmern gab es noch zwei Schlafzimmer, eins für die Eheleute, das andere für die Kinder. Neben dem letzteren lag die Küche, die dem Dienstmädchen auch als Schlafraum dienen musste.

Feldau äußerte eines Nachmittags, in der Dämmerstunde mit Minna in der Belforter Straße in seiner Straßenbahneruniform promenierend, den Wunsch, der Geliebten einen Besuch in der Küche abzustatten. Noch nie waren sie außer auf der Straße oder in der nahen Allee zusammengetroffen, denn des Abends hatte Minna niemals Ausgang, da sie wegen des Besuches der Spieler immer zur Verfügung stehen musste, wenn sie selbst auch natürlich das Spielzimmer nicht betreten durfte. An einem gelegentlichen Sonntags-Ausgang Minnas hatte der Pseudo-Straßenbahnkondukteur nicht teilnehmen können, angeblich, weil er gerade sonntags immer dienstlich verhindert war.

Minna schmiegte sich zärtlich in den Arm, den der neben ihr Schreitende galant um ihre Taille geschlungen hatte. Die Glut freudigster Erregung schlug ihr ins Gesicht.

»Ach, Liebster!«

Sie hielt unwillkürlich, ganz den in ihr wogenden Gefühlen hingegeben, ihre Schritte an und lehnte selig ihr Haupt an seine Schulter.

Dem Polizeiagenten war bei diesem Zärtlichkeitsausbruch auf offener Straße wenig behaglich. Instinktiv warf er einen besorgten Blick um sich. Diese Spaziergänge auf der Straße und in der nahen Allee waren ihm immer sehr peinlich, und mit geheimen Schauder erwog er immer die Möglichkeit, einmal in einer solchen Situation von seiner Braut gesehen zu werden. Ihre Eltern wohnten in demselben Stadtviertel und er wusste aus ihren Mitteilungen, dass sie häufig des Nachmittags eine Freundin, deren Eltern in einem der ersten Häuser der Königs-Allee ihre Wohnung hatten, besuchte. Wie leicht konnte sie auf dem Heimgang die Belforter Straße passieren und ihm begegnen!

Ein paar Sekunden lang musste er ja anstandshalber stillhalten, dann löste er den Kopf der verliebten Minna von seiner Schulter.

»Komm!«, sagte er. »Es ist kalt und die Leute werden schon aufmerksam.«

Minna zog eine Schmollmiene. Ihr war ganz warm, und vor den Leuten genierte sie sich gar nicht, war es denn ein Verbrechen, eine Schande, von einem so netten und anständigen Menschen, wie der Straßenbahnschaffner war, geliebt zu werden und seine Liebe zu erwidern? Im Gegenteil! Sie empfand nur Stolz und Genugtuung, wenn ein Vorübergehender den Blick auf sie und ihren Begleiter warf.

Feldau aber zog sie am Arm mit sich, der dunkleren Allee zu.

»Also, wie ist's, Minna: Kann ich einmal kommen?«

Sie seufzte.

»Ach, es wäre ja so schön, Fritz, aber wie sollst du bloß reinkommen? Einen Hintereingang hat unsere Wohnung nicht und von vorn lässt dich der Alte nicht ein.«

Der Pseudo-Straßenbahnschaffner lachte unbesorgt.

»Ich steige einfach durchs Fenster!«

Minna schrak zusammen, aber es war ein angenehmer Schreck. Soviel Glut und Leidenschaft hatte sie ihm gar nicht zugetraut, im Gegenteil, er war ihr im Gegensatz zu der hell lodernden Flamme ihres Liebesgefühls immer viel zu wenig leidenschaftlich, viel zu wenig begehrlich.

»Wie stürmisch du bist, Fritz!«

Der Pseudo-Liebhaber verbarg ein ironisches Lächeln.

»Ja, man liebt eben, oder man liebt nicht. Einen Verliebten, der sein Schätzchen besuchen will, schreckt nichts zurück.«

»Aber wenn's einer merkt,« wandte sie berauscht und halb überwunden ein.

»Wer soll's denn merken? Um sechs ist's doch schon dunkel. Ich passe auf, und wenn's still ist auf dem Hof, dann klettere ich eben auf den Fenstersims. Ein Glück, dass deine Herrschaft parterre wohnt. Du stehst am Fenster, öffnest und husch – bin ich bei dir. Das Ganze dauert nicht länger als eine Minute. Und dann, Minna, sind wir allein – endlich allein!«

Feldau verdrehte seine Augen und spitzte den Mund. Minna lächelte glücklich; ihre lebhafte Frauenfantasie spiegelte ihr allerlei Süßigkeiten vor. Sie hatten sich eigentlich nie so recht von Herzen küssen können.

»Wann willst du denn kommen?«, hauchte sie.

»Morgen«, fuhr es Feldau heraus, der vor Ungeduld glühte, endlich einmal die Höhle des Fuchses Spangenberg betreten zu können. Vielleicht verhalf ihm der Zufall zu irgendeiner wichtigen Beobachtung.

Minna sah ihren Liebhaber erstaunt an.

»Wenn du heute einen freien Nachmittag hast, kannst du dich doch nicht morgen schon wieder freimachen.«

Der Polizeiagent erkannte, dass er sich von seinem Eifer allzu sehr hatte beherrschen lassen. Doch er fand rasch einen Ausweg, und Minnas Arm liebevoll drückend, meinte er:

»Weißt du, ich habe Bange, es könnte dir wieder leid werden und dann –« er legte wieder seine Rechte um die Taille der neben ihm Schreitenden – »ich kann's gar nicht erwarten, einmal mit dir ein Stündchen ungestört beisammen zu sein. Mit einem guten Wort und ein paar Mark kann ich unter den Kollegen leicht einen Stellvertreter finden.«

Minna war sehr gerührt. Wie lieb er sie doch haben musste!

»Also schön, dann komme morgen! Um halb sieben! Ich passe auf. Ach, Fritz!«

Sie sah ihn zärtlich an, strahlend im Vorgefühl der erwarteten Freude; ihre Lippen spitzten sich verlangend. Feldau, froh, so nahe am Ziel zu sein und von der Absicht geleitet, sie bei guter Laune zu erhalten, zog sie an seine Brust, und im nächsten Moment fühlte er auch bereits ihre Lippen auf den seinen.

Sie waren gerade an der Ecke, wo die Belforter Straße in die Königs-Allee mündete, angekommen. Die Gasglühlichtlaternen beleuchteten hell ihre beiden Gesichter. In ihrem beiderseitigen, freilich verschiedenen Ursachen entspringenden Freudenrausch hatten sie die leicht heranhuschenden Schritte einer eilig schreitenden Mädchengestalt nicht wahrgenommen. Jetzt schreckte ein halblauter Schrei sie auf.

Feldau blickte, nichts Gutes ahnend, auf. Drei Schritte vor ihm und seiner Dulzinea sah er Käthe Wagner, seine Braut. Sie stand wie zu Stein erstarrt; nur in ihren flackernden Blicken verriet sich fieberhaft erregtes Beben.

Im ersten Moment war auch er wie vom Donner gerührt. Aber er fasste sich schnell.

»Komm!«, flüsterte er der nichts ahnenden Minna zu, deren Blicke verzückt auf dem Geliebten weilten und nichts anderes sahen. »Du musst nach Hause. Es ist höchste Zeit.« Er zog sie wieder mit sich. Minna wollte protestieren. Aber er ließ sie nicht zu Worte kommen.

»Willst du uns alles verderben?« redete er hastig und dringlich auf sie ein. »Willst du deine Herrschaft misstrauisch machen? Morgen sehen wir uns ja wieder.«

Das leuchtete ihr auch ein.

»Du hast recht. Also auf morgen! Halb sieben! Auf Wiedersehen, Schatz!«

Er nickte; Minna eilte auf die andere Straßenseite hinüber und war gleich darauf in einem der nächsten Häuser verschwunden. Feldau drehte sich um. Käthe stand noch immer auf derselben Stelle. Im Nu war er an ihrer Seite.

»Käthe!«

Sie hob die Augen, aus denen helle Tränen herabströmten. Noch einmal nahm sie ihn ganz in Augenschein. Sie hatte sich also nicht geirrt. Er war es, war es wirklich! Heißer Schmerz, tiefste Entrüstung zuckten in ihren Mienen. Ihre Bewegung war so groß, dass sie nur das eine Wort über die Lippen zu bringen vermochte, das ihren Empfindungen prägnanten Ausdruck gab.

»Pfui!«

»Aber, Käthchen, du denkst doch nicht etwa im Ernst, dass –«

Sie unterbrach ihn.

»Ich habe genug gesehen, ich brauche nicht erst zu denken.«

Sie sah so vergrämt und verstört aus, dass es ihm in die Seele schnitt. Niemals hatte er so stark und überzeugend empfunden, dass er sie mit aller Kraft seines Herzens liebte.

»Käthchen, sei doch gut, sei doch vernünftig,« suchte er sie zu beruhigen. »Ich werde dir ja alles erklären.« Er fasste bittend ihre Hand, zog sie unter seine Arme und kehrte mit ihr in die Allee, von der sie gekommen war, zurück.

Sie war zu schwach, um ihm widerstehen zu können, wenn sie auch krampfhafte Anstrengungen machte, sich von ihm zu befreien. Er sprach mit der ganzen Beredsamkeit seiner Liebe und seines guten Gewissens auf sie ein. Er setzte ihr auseinander, dass er lediglich aus Berufsinteressen Anschluss an das Mädchen gesucht hatte.

»Und den Kuss!« wandte sie bitter und spöttisch ein. »Hast du ihr den auch im Berufsinteresse gegeben?«

Die Frage setzte ihn allerdings in Verlegenheit.

Er zuckte mit der Schulter.

»Ein Genuss war es nicht,« versuchte er sich scherzend zu helfen. »Das kannst du mir glauben, Käthe.«

»Damit willst du dich doch nur herausreden,« entgegnete sie, noch immer in größter Erregung und Bitterkeit. »Wenn dir's kein Vergnügen gemacht hätte, hättest du sie ja nicht zu küssen brauchen.«

»Ich habe sie ja gar nicht geküsst, Käthe, sondern sie mich.«

»Willst du dich noch über mich lustig machen? Und willst du vielleicht behaupten, dass sie deine Bekanntschaft gesucht hat und du nicht ihre? Unter einer Verkleidung hast du dich ihr genähert, wahrscheinlich, um leichter bei ihr Gehör zu finden.«

Sie bemühte sich von Neuem, sich loszumachen, aber er hielt sie fest. Dann setzte er ihr auseinander, dass er natürlich nicht in seiner wirklichen Eigenschaft als Polizeibeamter hätte auftreten können, und warum es sein Bestreben sein musste, sich das Mädchen gefügig zu machen. Er nannte der erregt Zuhörenden keinen Namen und ging auch auf die Falschmünzerangelegenheit nicht ein. Nur soviel sagte er, dass er sich in dienstlichem Interesse Eingang in die Wohnung der Herrschaft des Mädchens verschaffen müsste und dass er nur deshalb allein den Galanten spiele.

»Also besuchen willst du sie auch noch und ich soll damit zufrieden sein!«

»Aber was soll ich denn tun, Käthchen?«

»Deinen Vorgesetzten bitten, dass er dich durch einen Kollegen ablösen lässt.«

Heißer Unwille schoss in Feldau empor.

»Ich werde mich hüten,« versetzte er heftig. »Damit einem andern die Frucht meiner bisherigen Bemühungen und Erfolge in den Schoß fällt! Ich soll mich vor meinem Vorgesetzten blamieren und meinem ganze Karriere infrage stellen. Das kannst du nicht von mir verlangen.«

Aber Käthe Wagner war nicht weniger erzürnt und empört.

»Und du kannst nicht verlangen, dass ich zusehe, dass du andere Mädchen besuchst und sie küssest und herzest.«

Er biss sich ärgerlich auf die Lippen.

»Ich verspreche dir, dass ich so zurückhaltend wie möglich sein werde.«

Sie lachte grell.

»Das sagst du jetzt. Und nachher, wenn sie sich dir an den Hals hängt? Nein, nein!« Die Eifersüchtige stampfte zornig mit dem Fuß auf. »Das lasse ich mir nicht gefallen. Und wenn du mir nicht versprichst, dass du das Mädchen nicht besuchen wirst, und dass du diese ganze Geschichte aufgibst, dann –«

»Nun, dann, Käthe?«

»Dann kann ich mich nicht mehr als deine Braut betrachten.«

Der junge Mann fuhr erschrocken zurück.

»Aber Käthe! Das kann doch nicht dein Ernst sein? Bedenke doch, was für mich auf dem Spiel steht!«

»Und für mich? Ich könnte dir nie mehr vertrauen. Immer würde es mir vor den Augen stehen, wie du dich mit diesem Mädchen – einem Dienstmädchen – geküsst hast.«

Feldau presste seine Hände gegeneinander. Der Ärger wollte ihn übermannen.

»Das ist ja dummes Zeug. Wenn deine Liebe nicht einmal eine so kleine Probe bestehen kann!«

»Und deine?« versetzte sie prompt und redete sich immer tiefer in ihre Erbitterung hinein. »Aber es scheint, dass dir an der Person mehr liegt, als an mir.«

»Du bist eine Närrin –« brauste er auf.

»Und du bist ein – ein Don Juan, ein gewissenloser Mensch. Da – hier!« Sie zerrte den Verlobungsring vom Finger. »Da – nimm!«

»Käthchen!«, schrie er zornig und schmerzlich zugleich.

»Versprichst du mir, dass du –«

»Nein!«

»Dann – dann ist es aus mit uns. Da!«

Sie warf den Ring zu Boden und lief in größter Aufregung davon. Er bückte sich und hob den Ring auf, dann kämpfte er mit der Regung, ihr nachzueilen, und seiner Empörung über ihre Unvernunft und über die Raschheit, mit der sie sich von ihm losgesagt hatte. Die letztere siegte. Mit Gewalt würde er sich ihr nicht aufdrängen, und wenn sie imstande war, ihn so leichten Herzens aufzugeben, dann liebte sie ihn eben nicht, und wenn sie ihn nicht liebte, mochte er sie auch nicht.

Er schlich sich, wie immer, vorsichtig in sein Zimmer hinauf. Seine Wirtin war noch nicht zu Hause. Rasch entkleidete er sich, um seinen gewöhnlichen Anzug anzulegen. Den ganzen Abend über ging ihm die Sache im Kopf herum, und fast die ganze Nacht hindurch wälzte er sich schlaflos in seinem Bett. Sein Ärger verrauschte mehr und mehr und Schmerz und Trauer nahmen immer ausschließlicher von ihm Besitz. Hundert kleine Erinnerungen wurden in ihm lebendig, unzählige Beweise ihrer hingebenden großen Liebe, und gerechtere Erwägungen erwachten in ihm.

Neuntes Kapitel.

Das Stelldichein in der Küche

Am andern Morgen war sein Entschluss gefasst. Er eilte zum nächsten Postamt und ließ sich telefonisch mit dem Kommissar Weigand verbinden. Er bäte um seine

Ablösung, er könne aus zwingenden Gründen die Observation Spangenbergs nicht weiter durchführen.

Der Kommissar war natürlich sehr erstaunt und unwillig.

»Was soll das heißen? Wollen Sie mir erklären, warum Sie einen dienstlichen Auftrag nicht ausführen wollen?«

»Das kann ich nicht so per Telefon«, erwiderte der Polizeiagent.

»Ich schicke also Ablösung.«

Als Feldau das Büro seines Vorgesetzten betrat, kam ihm dieser stirnrunzelnd entgegen. Der Polizeiagent berichtete zunächst über seine letzte Zusammenkunft mit dem Bratzschen Dienstmädchen und von seiner Verabredung mit Minna.

Das Gesicht des Kommissars erhellte sich und er rieb sich vergnügt die Hände.

»Famos, lieber Feldau! Das haben Sie gut gemacht. Berichten Sie mir heute Abend sofort, was Sie erkundet haben.«

»Aber, Herr Kommissar –«

»Ach so! Sie wollen abgelöst sein. Dummes Zeug! Jetzt, wo Sie so nahe am Ziel sind! Wie kommen Sie denn auf einmal darauf?«

Feldau schämte sich.

Käthes Verlangen und sein eigener Entschluss kamen ihm jetzt auf einmal kindisch und abgeschmackt vor. Verlegen, stotternd und stammelnd erzählte er von dem Konflikt mit seiner Braut.

Des Kommissars Gesicht erhellte sich immer mehr. Zuletzt lachte er heiter.

»Weiter nichts? Ein bisschen weibliche Eifersucht? Aber Feldau!«

Er legte dem beschämt vor ihm Stehenden seine beiden Hände auf die Schulter.

»Wegen solcher Kinderei werden Sie doch nicht die Flinte ins Korn werfen? Wohin kämen wir Männer, wenn wir uns von jeder Weiberlaune, von jeder Weiberträne beeinflussen ließen? In Berufssachen haben die Weiber nichts dreinzureden. Das wäre ja noch schöner. Sind Sie ein Mann, Feldau, oder sind Sie ein Waschlappen?«

Dem jungen Mann stieg die Röte der Scham ins Gesicht; er hätte sich selber wegen seiner Schwäche ohrfeigen können.

Der Kommissar sprach weiter mit Ernst und dienstlicher Bestimmtheit, die jeden Widerspruch ausschloss.

»Also, Feldau, Sie werden heute Abend an Ihr Werk gehen und Ihre Pflicht erfüllen wie immer!«

»Jawohl, Herr Kommissar.« Der Polizeiagent biss die Zähne zusammen und würgte mit Anstrengung den Schmerz hinunter, der ihn angesichts der Entscheidung wieder packte. »Ich werde meine Pflicht erfüllen, Herr Kommissar.«

»Recht so, Feldau.«

»Und wenn ich meine Braut auch darüber verliere.«

Der Kommissar schüttelte lächelnd mit dem Kopf.

»Unsinn, Feldau. Das gibt sich. Dergleichen hat jeder von uns mal durchgemacht, wenn man den Weibern seinen unbeugsamen Willen entgegensetzt, dann fügen sie sich eben. Sie sollen Ihr Mädchen nicht verlieren, Feldau. Man wird der Kleinen das närrische, unvernünftige Köpfchen zurechtsetzen.«

Des jungen Mannes Augen leuchteten freudig auf:

»Der Herr Kommissar wollen selbst –«

»Ich persönlich: nein! Aber ich werde meine Frau zu ihr schicken. Die Weiber verstehen sich untereinander viel besser. Gehen Sie nur ganz ruhig! Und Glück und Erfolg, Feldau!«

»Danke gehorsamst, Herr Kommissar.«

Dennoch begab sich der Polizeiagent gegen Abend nicht mit der Entschlossenheit und dem freudigen Eifer, der ihn sonst zu seinen Berufshandlungen anspornte, auf seinen Posten. Ein wenig beklommen war ihn trotz des freundlichen Zuspruchs seines Vorgesetzten zumute, und fast wie ein Märtyrer, der um seiner Überzeugung willen in den Untergang geht, kam er sich vor. Dennoch schwankte er keinen Augenblick mehr. Seine Ehre stand auf dem Spiel, und wenn's nicht anders ging, dann musste er eben seine Liebe dem Beruf und der Berufsehre opfern.

Sacht schlich er sich auf den Hof, und als er jemand hinter sich kommen hörte, trat er in den Eingang, der zu den Wohnungen des Hinterhauses führte. Nach einer Weile kehrte er auf den Hof zurück. Alles war still; er sah einen Schatten am Fenster der Küche. Minna, die seiner mit liebevollem Herzen, nach seinen Küssen lüstern, harrte! Ein Schaudern durchrann ihn, und er musste sich Gewalt antun, um nicht davonzulaufen. Er biss die Zähne aufeinander und trat dicht unter das Fenster, zum Zeichen leise hustend. Vorsichtig wurde oben das Fenster geöffnet.

»Komm!«, flüsterte das verliebte Mädchen girrend herab.

Feldau langte mit der Hand in die Höhe und auf den Zehenspitzen stehend, erreichte er mit der linken Hand das Fensterbrett. Mit der Rechten das Fensterkreuz umspannend, schwang er sich mit kräftigem Ruck empor. Im nächsten Moment stand er oben und behutsam, jedes laute Geräusch vermeidend, ließ er sich auf den Fensterboden nieder.

Minna schloss sogleich das Fenster wieder und zog die grobe Küchengardine zusammen. Dann breitete sie dem vor ihr stehenden die Arme entgegen. Aber Feldau konnte sein inneres Widerstreben nicht überwinden. Seine Fantasie spiegelte ihm das Bild seiner Käthe vor, er sah ihr schmerzverzogenes Gesicht, ihre bittenden, vorwurfsvollen Augen.

»Lass!« wies er die Schmachtende zurück. »Wenn einer kommt!«

Er deutete nach der Tür. Sie aber beruhigte ihn mit einer Gebärde und flüsterte: »Ich habe ja den Riegel vorgeschoben. Sollte Frau Bratz kommen, dann sage ich einfach, dass mir nicht wohl ist und dass ich mich hingelegt habe, während ich tue, als ob ich aufstehe und mich anziehe, hast du Zeit genug, dich wieder durchs Fenster aus dem Staube zu machen.«

Um nicht Minnas Unwillen oder gar ihren Verdacht zu erwecken, blieb ihm nichts übrig, er musste den feurigen Seladon spielen, sie an seine Brust ziehen und sich ihre Küsse gefallen lassen. Dann setzten sie sich dicht nebeneinander. Sie ergriff seine Hand, streichelte sie zärtlich und sah ihn ermunternd, verliebt, erwartungsvoll an.

Feldau aber achtete nicht darauf und ließ ihre hochfliegenden Erwartungen unerfüllt. Seine ganze Aufmerksamkeit richtete sich auf die Tür, nach der er heimlich gespannt lauschte. Bei jedem Geräusch machte er eine lebhafte Bewegung und beugte sich auf seinem Stuhl weit vor, der Tür entgegen. Minna schüttelte über soviel Zerstreutheit und Angst den Kopf.

»Dass du doch solch ein Hasenfuß bist, Fritz!«, schalt sie. »Gar nicht nett bist du. Das habe ich mir ganz anders gedacht. Was habe ich nun von dir.«

Er musste sich, so sehr sich auch sein inneres Empfinden dagegen sträubte, und so sehr ihn innerlich die Ausführung der Absicht, die ihn hierher geführt hatte, in Anspruch nahm, dazu bequemen, wieder die Rolle des Liebhabers zu spielen. Er fasste sie mit dem einen Arm um die Taille, mit der andern Hand strich er ihr liebkosend über Kinn und Wangen und wisperte ihr dabei ein paar Koseworte ins Ohr. Minna strahlte, und in der Liebesseligkeit ihres Herzens legte sie ihren Kopf an seine Schulter und sah, ihre Lippen mit deutlicher Aufforderung spitzend, mit lockendem Lächeln zu ihm empor.

Er fluchte innerlich, aber es half nichts, er musste, getreu dem Charakter seiner Rolle, ihrem Liebesverlangen entsprechen und zwei-, dreimal drückte er seine Lippen auf die ihren.

Dann fuhr er zurück und heuchelte Erschrecken.

»Hast du nichts gehört, Minna?«

»Nein, nichts, Geliebter! Wie süß du küssen kannst!«

Sie lächelte halb verschämt, halb begehrend. Aber er zog sein Taschentuch und trocknete sich die Stirn.

»Ist dir auch so heiß, Minna?«

Sie lächelte wieder schämig.

»Na, gewiss doch, Schatz!«

Es schüttelte ihn und er stand rasch auf und sah sich suchend um.

»Was hast du denn?«, fragte sie erstaunt.

»Ich möchte dich um ein Glas Wasser bitten.«

Sie verneinte mit einer Kopfbewegung.

»Wasser? Nein, da habe ich was Besseres für meinen Schatz!«

Sie holte aus der Speisekammer eine Flasche Bier hervor und schenkte ihm ein. Er trank und überlegte dabei, wie er die Liebesdurstige aus der Küche bringen könnte, denn solange sie bei ihm war, ließ sie ihm ja doch keine Ruhe, und das Ergebnis war schließlich gleich Null. Der Küsse wegen war er aber nicht gekommen.

»Schmeckt's?«, fragte sie.

Er stellte das Glas, das er halb geleert hatte, auf den Tisch und nickte.

»Noch besser würde es mir schmecken, wenn ich eine Zigarre dazu rauchen könnte. Leider,« er griff in die Tasche seines Uniformjacketts – natürlich war er in seiner Verkleidung als Straßenbahnschaffner erschienen – »habe ich nichts Rauchbares bei mir. Kannst du mir nicht mit einer Zigarre aushelfen, Schatz?«

Er fasste sie liebkosend unter das Kinn und heuchelte einen zärtlich überredenden Blick.

»Nein, Schätzchen. Aber ich werde dir welche holen. An der Ecke der Weißenburger Straße ist ein Zigarrengeschäft.«

»Du bist doch zu lieb, Minna«, lobte er schmeichelnd und gab ihr Geld. »Bei dir wird's ein Mann einmal gut haben,« setzte er mit verheißungsvoller Miene hinzu.

Minna strahlte natürlich über das ganze Gesicht und war ganz Eifer und Bereitwilligkeit: »Bin gleich wieder da!«

Sie flog davon. Als sie, den Korridor durcheilend, an Spangenbergs Zimmer vorüberkam, öffnete dieser argwöhnisch die Tür. »Wer ist da?«

Minna erwiderte geistesgegenwärtig, dass sie zum Drogisten wolle, denn sie habe so starke Magenschmerzen. Spangenberg kehrte beruhigt in sein Zimmer zurück, und Minna huschte hinaus.

Feldau schritt entschlossen zur Tür. Wer nicht wagt, der nicht gewinnt! Sein Eifer, seine Begier, irgendetwas auszuspionieren, das Aufschluss über Spangenbergs Treiben geben konnte, war so groß, dass er darüber jedes Bedenken, jede Furcht vergaß. Auf den Zehenspitzen schlich er sich in den Korridor bis zur Tür, die in Spangenbergs Zimmer führte. Er bückte sich und presste sein Ohr an das Schlüsselloch. Seine Spannung stieg aufs

Höchste, als er zwei Stimmen in eifrigstem Gespräch vernahm. Das Blut sauste ihm in den Ohren, das Herz schlug ihm bis zum Halse hinauf, und er musste sich mit gewaltsamer Willensanstrengung zur Ruhe zwingen, bis er imstande war, zu lauschen und mehr als seinen stürmischen Herzschlag zu hören. Dennoch konnte er, so angestrengt er auch horchte, die einzelnen Worte nicht unterscheiden, denn von dem anderen Zimmer, in dem sich die spielenden Bäcker befanden, tönte ein starkes Stimmengewirr heraus. Wer war der Besucher Spangenbergs? Fragte sich der Kriminalbeamte.

Da hörte er, wie ein Schrank geöffnet wurde, und gleich darauf glaubte er, das Knistern von Papier zu vernehmen. Die Spannung des Lauschers stieg bis zum Fieber. Waren es falsche Scheine, war der Besucher Spangenbergs ein Komplize, der sich neue Ware holte?

Den Polizeiagenten packte die Versuchung, in das Zimmer zu dringen und beide Verbrecher auf frischer Tat zu überraschen und zum Polizei-Revierbüro zu sistieren. Möglicherweise würde eine solche entschlossene Handlungsweise zur Aufklärung des ganzen Münzverbrechens führen. Es war ja nicht ausgeschlossen, dass es Lomnitz war, der seit Monaten gesuchte Falschmünzer, der bei Spangenberg weilte.

Aber eine kurze Überlegung riet dem Eifrigen ab, diesem Impulse zu folgen. Denn erstens war es doch nur eine unbegründete Annahme, dass Lomnitz bei Spangenberg zu Besuch war – aller Wahrscheinlichkeit war es jedoch der Falschmünzer nicht – und zweitens, selbst wenn es Lomnitz gewesen, was nützte es, ihn zu verhaften, wenn nicht bewiesen werden konnte, dass er die falschen Fünfmarkscheine fabriziert hatte? Erst wenn man die geheime Werkstätte des Falschmünzers gefunden hatte, war der Beweis seiner Schuld erbracht. Ein übereiltes Vorgehen konnte aber die Früchte monatelanger, mühseliger Beobachtungen und Bemühungen vernichten und die Erreichung des letzten Zieles für immer unmöglich machen.

Feldau presste sein Ohr noch fester an das Schlüsselloch und strengte sein Gehör aufs Äußerste an. Jetzt vernahm er, wie der Schrank wieder verschlossen wurde und die beiden Männer das Zimmer verließen, um sich in das anstoßende Spielzimmer zu begeben.

Der Polizeiagent richtete sich schnell in die Höhe und schlich nach der andern Tür hin, um dort sein Lauscherwerk fortzusetzen. Aber er hatte den neuen Posten noch nicht erreicht, als sich die Tür von innen öffnete und der »Spielbooß«-Bratz auf den Korridor trat. Der ehemalige Bäcker konnte ein starkes Erschrecken nicht verbergen, als er plötzlich des fremden Mannes ansichtig wurde, von dem er nicht wusste, wie er in seine Wohnung gelangt war. Immer auf eine Entdeckung und Überrumpelung seitens der Polizei gefasst, dachte er im ersten Moment nichts anderes, als dass er einem Geheimpolizisten gegenüberstand. Dieser Gedanke gab ihm sofort seine Fassung zurück, und mit großer Geistesgegenwart trat er stirnrunzelnd dem Eindringling gegenüber. Für ihn hieß es jetzt nur noch Zeit gewinnen und den Spielern ein Zeichen zu geben, das sie veranlasste, die verräterischen Spielutensilien beiseitezuschaffen.

»Wer sind Sie? Wie kommen Sie in meine Wohnung? Was wollen Sie hier? –«, herrschte er den stumm ihm Gegenüberstehenden an, der selbst mit seiner Verlegenheit und Überraschung kämpfte.

Feldau hatte nur den einen Wunsch, mit guter Manier und so rasch als möglich aus der Bratzschen Wohnung herauszukommen, um nicht Spangenbergs Aufmerksamkeit zu erregen. Und so wies er mit kleinlauter Miene auf seine Uniform:

»Was ich bin? Das sehen Sie ja, und was ich will, ist sehr einfach: Ich wollte meine Braut, die Minna besuchen.«

Zum Glück kam gerade in diesem Moment das Mädchen mit den Zigarren zurück. Ihr Erschrecken, ihre schuldbewusste Miene bestätigten die Angaben des Eindringlings in überzeugender Weise.

Bratz atmete im Stillen auf; vor den andern aber stellte er sich sehr entrüstet und aufgeregt. Er schalt das Mädchen leichtfertig und pflichtvergessen.

»Sie haben kein Recht, ohne meine Erlaubnis fremde Kerle in meine Wohnung zu lassen. Morgen früh können Sie gehen – verstanden?«

Dem Herrn Straßenbahnschaffner aber rate er, schleunigst nachzusehen, wo der Zimmermann das Loch gelassen habe.

Der Polizeiagent wartete nicht ab, bis dieser freundlichen Einladung eine noch deutlichere, drastischere Aufforderung seitens des drohend dastehenden Wohnungsinhabers folgte. Ohne der wie vernichtet dastehenden Minna ein Wort oder auch nur einen Blick zu gönnen, machte er sich durch die offenstehende Korridortür aus dem Staube.

Im Übrigen war er gar nicht ärgerlich. Wenn sein Besuch auch ein vorzeitiges Ende gefunden, so war er doch nicht ganz ohne Resultat geblieben. Er hatte doch wenigstens in Erfahrung gebracht, dass Spangenberg in seinem Zimmer Besucher empfing, die sicher in der Falschmünzersache zu ihm kamen. Viel war das ja nicht, aber es war doch immerhin etwas, und es war umso freudiger zu begrüßen, als die peinliche und gefährliche Situation, in die ihn das plötzliche Dazwischentreten des Bratz versetzt, einen so glimpflichen Ausgang gefunden hatte, sodass er hoffen durfte, keinerlei Argwohn erregt zu haben.

Da fiel ihm die Erinnerung an eine andere wichtige, private Angelegenheit schwer auf die Seele, die ihm während des gewagten Unternehmens, das sein ganzes Denken und seine ganze Geistesgegenwart in Anspruch genommen, völlig aus dem Bewusstsein geschwunden war.

Käthe! – Zürnte sie ihm noch immer, würde sie bei ihrer Absage beharren? Oder war es Frau Weigand gelungen, ihren Zorn und ihre Eifersucht zu beschwichtigen?

Zehntes Kapitel.

Feldaus Verlobte als Detektiv

Kommissar Weigand hatte Wort gehalten. Er hatte seine Frau vermocht, der Braut seines Polizeiagenten einen Besuch abzustatten, um zu versuchen, die Eifersüchtige zur Vernunft zu bringen.

Frau Weigand erhielt von Frau Wagner, die ihr die Tür öffnete, zunächst den Bescheid, dass Käthe nicht zu sprechen sei. Freilich, als sie ihren Namen genannt und betont hatte, dass sie die Frau des Kommissars sei, in dessen Auftrage sie komme, da ließ sich das junge Mädchen, nicht lange bitten. Blass und verweint erschien sie, in der guten Stube, in der Frau Weigand Platz genommen hatte.

Die Frau des Kommissars betrachtete das Junge Mädchen mit dem dunklen Haar, den hübschen, sympathischen Gesichtszügen und den dunklen Augen, aus denen viel Temperament sprach, mit geheimem Interesse. Der ganz verstört Dreinschauenden war unschwer anzusehen, wie tief bei ihr die Neigung zu dem Verlobten ging und wie schwer das Zerwürfnis sie getroffen hatte.

Frau Weigand hielt nicht lange mit dem Zweck ihres Besuches hinter dem Berge. Zunächst stimmte sie ein großes Loblied auf Feldau an, den sie während seiner verschiedenen Besuche in des Kommissars Privatwohnung gesehen und gesprochen hatte. Was für ein tüchtiger, diensteifriger Beamter er wäre und was für ein zuverlässiger, gediegener Charakter!

Darauf ging sie auf eine Schilderung der schweren Pflichten eines Kriminalbeamten ein, der viel Klugheit, Takt und viel Hingabe, viel Mut und Aufopferungsfähigkeit verlangte. Es sei deshalb die heiligste Pflicht einer Kriminalbeamtenfrau, dem Manne sein schweres Los zu erleichtern durch verdoppelte Liebe und Anhänglichkeit. Sie müsse ihm noch mehr als die Frauen anderer Männer das Haus zu einer Stätte der Ruhe und des Friedens machen, damit er sich in seinen kurzen

Ruhepausen von den Strapazen seines Berufes erholen und neue Kräfte sammeln könne. Von all den kleinlichen, weiblichen Empfindlichkeiten und Launen, mit denen unvernünftige Frauen so oft den Frieden ihrer Ehe stören und dem Gatten das Leben erschweren, müsse sie sich besonders frei halten.

Der Beruf des Kriminalbeamten bringe es mit sich, dass er mit den schlechtesten und gefährlichsten Elementen der Bevölkerung zu tun habe. Da müsse er über seine völlige Ruhe, Kaltblütigkeit und ungeteilte Aufmerksamkeit und Denkkraft verfügen, um nicht den Gefahren zu erliegen.

Käthe Wagner machte eine Bewegung des Schreckens. Den Gefahren? Was für Gefahren denn die Frau Kommissar meine?

Nun, das läge doch auf der Hand. Feldau zum Beispiel habe den Auftrag, eine Spielergesellschaft zu beobachten und zu belauschen. Durch das Dienstmädchen habe er sich Eingang in die sonst für jeden Fremden unzugängliche Spielhölle verschafft. In welcher Gefahr der kühne, ganz seinem Dienst ergebene Feldau dabei schwebe, könne man sich doch leicht ausmalen. Wie, wenn das Mädchen vielleicht argwöhnisch geworden, ihn verriete? Oder wenn ihn einer der Spieler vielleicht zufällig trotz seiner Verkleidung erkenne! Der Revolver, den er ja wie jeder Kriminalbeamte bei sich trüge, würde ihm in einem solchen Fall wenig helfen. Er allein gegen 30 oder 50 erbitterter Spieler, unter denen sich natürlich manch hartgesottener, zu allem bereiter Verbrecher befände! Umringt von dieser Überzahl, werde er gar nicht dazu kommen können, sich zu verteidigen und seine Waffe zu gebrauchen.

Käthe Wagner rang die Hände. Das alles hatte sie nicht gewusst, das hatte sie nicht bedacht. Verflogen war mit einem Male alle Eifersucht. Kleinlich und kindisch kam sie sich vor. Wie wenig wog die Unruhe, die sie bei dem Gedanken empfunden, den Geliebten allein bei dem Mädchen zu wissen, gegen die große Gefahr, der er sich aussetzte!

Ihre Tränen flossen von Neuem, diesmal in bitterer Reue und Selbstanklage. Wenn ihm etwas zustieß, sie war schuld, sie hatte ihm seine sichere Besonnenheit und kühle Überlegung geraubt.

Nachdem sich Frau Weigand mit ein paar Trostesworten entfernt hatte, ging Käthe weinend, klagend und händeringend im Zimmer auf und ab; alle paar Minuten trat sie an das Fenster und mehr als einmal wollte sie nach Hut und Mantel greifen, um auf die Straße zu eilen. Ihre Mutter musste all ihre Überredungskunst und mütterliche Autorität aufbieten, um die furchtbar Erregte zurückzuhalten.

Da endlich erklang die Flurklingel. Käthe war mit einem Sprung hinaus und im Nu war sie an der Tür, die sie in höchster Spannung aufriss.

Er war es. Mit einem Jubelschrei flog sie dem Eintretenden an die Brust, küsste ihn und weinte und lachte in einem Atemzug ...

Feldau war sehr glücklich, dass das Zerwürfnis zwischen ihm und seiner Braut wieder behoben war, und Käthe freute sich, trotzdem sie glaubte, ihre Eifersucht völlig überwunden zu haben, von Herzen, als sie von ihrem Verlobten erfuhr, dass Minna entlassen war, und dass er ihr bei eventuellen ferneren Besuchen der Spielhölle nicht mehr begegnen würde. Freilich, dem Polizeiagenten bereitete die noch nicht gelöste Frage, wie persönlich an Spangenberg heranzukommen sei, in den nächsten Tagen viel Kopfzerbrechen.

Dass Spangenberg keinerlei Argwohn geschöpft hatte, sondern sich im Gegenteil sicherer als je fühlte, ging daraus hervor, dass er sich frei bewegte, nach wie vor seinen Liebesabenteuern nachging und auch in letzter Zeit häufig in einem unweit seiner Wohnung gelegenen bescheidenen kleinen Restaurant ein Glas Bier zu trinken pflegte.

Dieses Lokal suchte Feldau eines Tages in der Verkleidung als Postunterbeamter auf. Er setzte sich an den Nebentisch Spangenbergs und studierte seine Gesichtszüge, die er zum ersten Male genauer und mit Muße, wenn auch verstohlen, betrachtete, sowie seine Bewegungen und Art, sich zu geben. Die Züge des ehemaligen Zuchthäuslers waren scharf markiert, die stark geschwungene Adlernase gab ihm, in Verbindung mit dem Henriquatre und den dunklen Augen mit dem stechenden Blick, etwas Kühnes und zugleich Interessantes; sein gelblicher Teint trug dazu bei, diesen Eindruck noch zu verstärken und ihn als Südländer erscheinen zu lassen. Seine Gestalt war groß und hager.

Auch Feldau konnte sich dem Eindruck, den diese Persönlichkeit auf jeden fantasiebegabten Menschen ausübte, nicht entziehen, und so hatte er ein doppeltes Interesse, sich dem interessanten Manne zu nähern. Aber er stieß schon heim Anfang auf eine unüberwindliche Schwierigkeit. Offenbar hatte es sich der vorsichtige Mensch zum Prinzip gemacht, jeder ihm unbekannten Person mit Misstrauen und stolzer Unnahbarkeit zu begegnen. Eine so freundliche, treuherzige Miene der Pseudo-Beamte auch aufsteckte, so vertrauenerweckend schon an und für sich seine Uniform war, Spangenberg sah ihn mit kühler Miene an und antwortete auf seine Fragen und Bemerkungen nur mit einem kurzen stereotypen »Ja« oder »Nein«. Es war geradezu unmöglich, mit dem zugeknöpften Menschen in ein Gespräch zu kommen.

Der Polizeiagent ließ sich natürlich durch diesen Misserfolg nicht abschrecken. Er beschloss; nun direkt vorzugehen und unter einem plausiblen Vorwand in Spangenbergs Zimmer zu dringen. Er diktierte seiner Braut einen Brief, über dessen Inhalt sich Käthe vor Lachen ausschütten wollte, den sie aber gern niederschrieb, stolz und froh, dem Geliebten in seinem schweren Beruf beistehen zu können. In diesem Brief forderte eine Unbekannte Spangenberg zu einem Rendezvous auf. Sie wohne in der Nachbarschaft, habe ihn verschiedentlich auf der Straße gesehen und wünsche lebhaft, ihn kennenzulernen. Er werde ihr nicht verargen, dass sie ihren Namen vorläufig noch geheim halte, bis sie erst näher miteinander bekannt sein würden.

Diesen Brief wollte Feldau in der Maske eines Dienstmannes Spangenberg selbst überbringen, in der Hoffnung, dass er das Zimmer des Verbrechers, während dieser die verlangte Antwort niederschreiben würde, in aller Ruhe in Augenschein nehmen könnte. Aber er hatte die Rechnung ohne den Fuchs Spangenberg gemacht. Als er klingelte, öffnete das Dienstmädchen (der armen Minna Nachfolgerin). Auf seine Frage, ob Herr Spangenberg zu Hause sei (was er ohnedies wusste), erhielt er zwar eine bejahende Antwort, aber Frau Bratz, die hinzukam, bedeutete ihm, im Korridor zu warten, während sie selbst nach dem Brief griff, um ihn in Spangenbergs Zimmer zu tragen.

Aber Feldau war geistesgegenwärtig genug, zu erklären, dass er den strengen Auftrag habe, den Brief nur persönlich Herrn Spangenberg auszuhändigen. Aber auch das nutzte dem Pseudo-Dienstmann nichts: Frau Bratz rief ihren Bruder hinaus.

Spangenberg aber fertigte den Dienstmann auf dem Korridor ab. Er nahm den Brief, durchflog ihn, ohne eine Miene zu verziehen, und erwiderte kurz: »Es ist gut. Antwort nicht nötig.«

Feldau blieb nichts übrig, als davonzugehen, ohne dass er auch nur einen Blick in Spangenbergs Zimmer hätte tun können.

Die Einladung zum Rendezvous hatte auf drei Uhr des nächsten Tages gelautet, und zwar war die Kaiserpromenade, die vom Dom zum Pariser Tor führte, als Ort des Stelldicheins genannt worden.

Es war von Feldau, als er seiner Braut den Brief diktiert hatte, mit keinem Gedanken daran gedacht worden, dass die Briefschreiberin sich zu dem Stelldichein auch einfinden sollte. Er hatte den Brief nur allein als Mittel zu dem Zweck betrachtet, in Spangenbergs Zimmer zu gelangen. Jetzt hinterher, nachdem der Versuch misslungen war, fiel ihm ein, dass Spangenberg, wenn die ungenannte Briefschreiberin sich zum Rendezvous nicht einstellte, die Mystifikation erkennen und noch misstrauischer sein werde, umso mehr, als die Dringlichkeit, mit der Feldau als Dienstmann Einlass in Spangenbergs Zimmer geheischt, vielleicht schon seinen Argwohn erregt hatte.

Diese Erwägung quälte den Polizeiagenten sehr, denn die Beobachtung des raffinierten, sich größter Vorsicht befleißigenden Spangenberg war schon an und für sich schwierig und mühevoll genug, es war nicht nötig, dass man sich seine Aufgabe durch Schachzüge, die mehr Schaden als Nutzen stifteten, noch erschwerte. Nein, es musste irgendeine weibliche Persönlichkeit gefunden werden, die die Rolle der anonymen, in den interessanten Mann verliebten Briefschreiberin übernahm. Weibliche Polizeiagenten aber beschäftigte die Behörde nicht – woher also eine geeignete hübsche und intelligente junge Dame nehmen, die fähig war, diese Rolle zu übernehmen und zu Ende zu führen, ohne Schaden zu stiften?

Das Schlimme war, dass die Zeit kurz war, und dass die Frage schnellstens gelöst werden musste. Er erschrak selbst, als sich seine Gedanken zum ersten Mal auf Käthe richteten. Aber je länger er über die Idee, Käthe mit dieser Mission zu betrauen, nachsann, desto mehr leuchtete sie ihm ein. Sie hatte den Brief geschrieben, sie war, informiert und sie besaß auch alle Eigenschaften, die dazu gehörten, die ihr übertragene Mission glücklich zu Ende zu führen.

Aber was würde sie zu dieser Zumutung sagen?

Als er während eines Spazierganges, zu dem er sie von ihren Eltern abgeholt hatte, mit seinem Vorschlage herausrückte, lehnte sie im ersten Moment entschieden und etwas empfindlich ab.

»Ich begreife nicht, Fritz, wie du mir so etwas zumuten kannst.«

Er strich ihr begütigend über die Hand.

»Aber liebe Käthe, du sollst ja kein wirkliches Rendezvous abhalten, sondern sollst mir nur meine Aufgabe erleichtern. Wenn Spangenberg erst misstrauisch wird, was er ohnehin von Natur genug ist, dann kann ich nur getrost einpacken, dann werde ich nie an mein Ziel gelangen. Du weißt aber, wie viel davon für mich und auch für dich abhängt. Es ist gewiss nichts Schlechtes, wenn du deinem Bräutigam in einer schwierigen, wichtigen Angelegenheit Beistand leistest.«

Käthes krause Stirn glättete sich rasch und ihre Augen blickten den neben ihr Schreitenden wieder freundlicher an.

»Gewiss nicht, Fritz. Aber ich fürchte mich vor diesem gefährlichen Menschen.«

Feldau lachte.

»Aber Käthe! Um drei Uhr nachmittags, auf der belebtesten Promenade der Stadt kann dir doch niemand etwas antun. Übrigens bin ich ja auch in deiner unmittelbaren Nähe.«

»Du?«

»Natürlich. Du lenkst Spangenberg nach der Mittelpromenade und ich halte mich seitwärts von euch, auf dem Trottoir. Ich lasse euch beide nicht eine Sekunde aus den Augen.«

Das junge Mädchen sann eine Weile vor sich hin; das lebhafte Rot, das ihr in die Wangen stieg, bewies, dass die Sache sie stark beschäftigte. Es schien, als ob sich allmählich ein Interesse an der Angelegenheit in ihr entzündete, und als ob sie den Vorschlag ihres Verlobten in einem anderen Licht zu betrachten begann.

»Aber ich weiß ja gar nicht, was ich zu ihm sagen soll«, wandte sie ein.

Feldau machte eine beruhigende Handbewegung.

»Das lass nur ganz seine Sorge sein! Er wird dich schon unterhalten, und du hast nur nötig, ab und zu eine Antwort zu geben oder eine Bemerkung zu machen, die deinem Erscheinen einen natürlichen Anstrich gibt, sodass ein Argwohn in ihm gar nicht aufkommen kann. Übrigens –« der junge Mann sah seine Verlobte mit verliebten Augen an – »dass er gar nicht zu ruhiger Überlegung kommt, dafür, wird der Eindruck deiner Persönlichkeit schon sorgen.«

Sie lächelte geschmeichelt.

»Aber wenn – – wenn er in seinen Reden ungezogen und dreist wird!«

Doch Feldau schüttelte mit dem Kopf.

»Das glaube ich nicht, Käthe. Erstensmal wirst du ihn schon durch dein ganzes Wesen in den gebührenden Schranken halten, und zweitens ist Spangenberg gewiss kein plumper, ordinärer Mensch, sondern im Gegenteil, an Gewandtheit und Schliff mangelt's ihm sicher nicht, sonst würde er nicht soviel Glück bei den Damen haben.«

»Hat er das?«

Käthes Augen blitzten auf und in ihren Mienen verriet sich ein immer lebhafteres Interesse; sie hätte ja auch kein fantasievolles, temperamentvolles, junges Mädchen sein müssen, wenn das in Aussicht stehende Abenteuer ihren romantischen Sinn und ihre Neugier nicht gereizt hätte.

Freilich, als sie sich am andern Nachmittag nach dem Rendezvousort begab, klopfte ihr das Herz doch etwas bänglich, und wenn sie nicht ab und zu ihrem Mut durch einen Blick nach dem auf der anderen Straßenseite sichtbaren Bräutigam aufgeholfen hätte, wäre sie sicherlich noch kurz vor dem Rendezvousplatz wieder umgekehrt.

Zögernd, mit Aufbietung ihrer ganzen Willenskraft, nahm sie, als sie sich dem Ende der Kaiserpromenade näherte, ihr Taschentuch in die Hand, wie es in dem von Feldau diktierten Briefe als Erkennungszeichen angegeben war.

Es dauerte keine zwei Minuten, als sie einen großen, hageren, mit einer gewissen flotten Eleganz gekleideten Herrn an sich herantreten sah, den sie vorher nicht erblickt hatte, und der sich wohl hinter einem der Bäume verborgen hatte. Sie fuhr leicht erschrocken zusammen.

»Pardon!« redete er sie mit einer klangvollen Stimme an, der er sich offenbar bemühte, einen weichen, gewinnenden Ton zu geben: »Spangenberg!«

Er lüftete seinen Hut höflich.

»Ich habe wohl das Vergnügen, Fräulein X. Y. Z. zu begrüßen?«

Sie nickte errötend und hob den Blick mit einem Ge-
misch von Angst und Neugier zu dem vor ihr Stehenden, der sie um einen halben Kopf überragte. Er zeigte
eine freundlich lächelnde Miene. Sie wunderte sich im
Stillen. Er sah gar nicht aus wie ein Verbrecher. Im
Knopfloch seines Rockes steckte eine Orchidee; in der
breiten, seidenen Krawatte blitzte eine Nadel, die ihr
durch die seltene Form – es war ein von Brillantsplittern
umgebenes Rubinherz – und durch ihre Kostbarkeit auf-
fiel. In seiner Rechten trug er ein leichtes Spazierstöckchen mit silbernem Knopf, und seine Blicke sahen sie
mit ungeheuchelter Bewunderung an.

Er wollte den Weg nach dem Volkspark einschlagen,
zu dem man durch das Pariser Tor gelangte. Aber sie
wandte sich nach der entgegengesetzten Seite und begann, wieder die Kaiserpromenade, auf der sie gekommen war, hinabzuschreiten. Durch einen schnell hin-
übergleitenden Blick überzeugte sie sich, dass Feldau
auf dem Trottoir zur Linken promenierte.

»Ich hätte nicht gedacht, dass Sie so schön sind«, sagte
er. »Anonyme Briefe schreiben gewöhnlich nur Damen,
die persönlich nirgendwo Anklang gefunden haben.
Umso angenehmer bin ich überrascht – wahrhaftig!«

Obgleich sie ihn nicht ansah, hatte sie doch die Empfindung, dass seine dunklen Augen sie mit einem lebhaft
huldigenden Blick ansahen. Eine dunkle Glut verbreitete
sich über ihr ganzes Gesicht.

Er bemerkte es und lächelte.

»Man könnte beinahe glauben, dass Ihnen noch niemand gesagt hat, wie schön Sie sind. Aber das ist ja doch unmöglich.«

Sie nickte, denn sie war so befangen, dass sie kein Wort hervorbrachte.

»Dann sind Sie gewiss noch nicht lange in der Großstadt? –«, fuhr er fort.

»O, doch!«

»Dann müssen Sie jedenfalls sehr zurückgezogen leben.«

»O, ja.«

»Umso mehr freue ich mich, dass ich den Vorzug genieße, Sie kennenzulernen.«

Seine Stimme klang eindringlich, schmeichelnd. Sie sandte einen Blick zu ihm empor. Seine Miene strahlte lebhaft, angeregt, in wirklichem Interesse.

Er sieht nicht übel aus, sagte sie bei sich. Jedenfalls war er eine eindrucksvolle Persönlichkeit, die man nicht übersah und nicht so leicht vergaß, und die einem wohl Interesse abnötigen konnte.

Mit prickelnder Neugier, einer halb ängstlichen, halb erwartungsvollen Spannung sah sie seinen weiteren Worten entgegen.

Er ließ sie nicht lange darauf warten.

»Wir werden uns nun doch recht häufig sehen?«

Sie wusste nicht gleich, was sie antworten sollte.

»Nicht wahr, mein schönes Fräulein?« mahnte er.

»Ich – ich weiß noch nicht«, erwiderte sie verlegen.

»Warum wissen Sie das nicht? ... Sie haben mir doch so Liebes und Schönes geschrieben.«

Sie bekam plötzlich einen furchtbaren Schreck und heiße Beschämung trieb ihr wieder das Blut ins Gesicht. Mit Schaudern erinnerte sie sich der Worte, die sie nach dem Diktat Fritz Feldaus geschrieben hatte. Sie ließ den Kopf auf die Brust sinken und sah nach der entgegengesetzten Seite hin.

»Mein liebes, kleines Fräulein!« hörte sie seine vibrierende Stimme und zugleich fühlte sie ihre am Körper schlaff herabhängende Hand erfasst. Sie wollte sie ihm entziehen, aber er hielt sie fest.

»Nein, nein!«, sagte er und drückte die schlanken Finger innig. »Sie müssen mir erst eine Frage beantworten: Es tut Ihnen doch nicht leid, dass Sie mir ein so himmlisches Briefchen geschickt haben?«

Sie war in tödlicher Verlegenheit.

»Man schreibt manches, und meint es doch gar nicht so«, erwiderte sie stotternd.

»Nicht so?«

Sie bemerkte, wie er sie mit seinen funkelnden schwarzen Augen enttäuscht, forschend ansah. Sie erschrak – misstrauisch durfte sie ihn nicht machen – und zwang ein kokettes, schämiges Lächeln auf ihre Lippen.

»Mein Gott, wenn Sie mich nur nicht so quälen, so grausam ausfragen wollten!«

Er deutete ihre Verwirrung und ihre Worte in einem für sich günstigen Sinn, denn ein Ausdruck der Befriedigung glitt über sein Gesicht; mit der linken Hand fuhr er streichelnd über ihre noch immer in seiner Rechten ruhenden Finger.

»Sie sind ein reizendes, ein bezauberndes, liebenswertes Geschöpf.«

Seine Stimme klang so süß, so weich, so zärtlich und leidenschaftlich vibrierend, dass ihr ganz heiß dabei wurde.

Wenn sie die wütenden, zornigen Blicke gesehen hätte, die der stille Beobachter drüben auf dem Trottoir auf sie und ihren Begleiter heftete, wenn sie sein mahnendes, tadelndes Hüsteln gehört hätte, würde sie wahrscheinlich ihre Hand mit voller Kraft den kosenden Fingern entzogen haben. So aber dachte sie gar nicht mehr an Ursache und Zweck dieses Rendezvous und an den, der sie dazu veranlasst hatte, und der nun mit eifersüchtigem Grimm jede ihrer Bewegungen und Mienen beobachtete.

Sie war ganz im Bann der dringlichen Art ihres Begleiters, und das Herz klopfte ihr ungestüm.

»Ja, wirklich,« hörte sie ihren Begleiter sprechen, »ich bin entzückt von Ihnen und schon ganz verliebt in Sie, mein schönes, kleines Fräulein.«

Sie lächelte und hob schalkhaft ihren Blick.

»Zu wie vielen Sie das wohl schon gesagt haben mögen!«

»Noch zu keiner so ehrlich, so aus dem innersten Herzen heraus. Das können Sie mir glauben, das schwöre ich Ihnen. Das glauben Sie mir doch?«

Sie bewegte verneinend, mit koketter Gebärde, ihr Haupt.

Er war ganz erregt oder tat doch so.

»Nein, wirklich, das ist nicht hübsch von Ihnen! Wie soll ich es Ihnen beweisen? So schnell, so ganz und gar hat mich noch keine bezwungen. Kein Wunder, denn keine war so bezaubernd, so hinreißend in ihrer Schönheit und Jugendfrische ...«

Er redete so leidenschaftlich und stürmisch auf sie ein, sagte ihr so zärtliche, süße Schmeicheleien, wie sie sie noch nie gehört hatte. Sie war ganz berauscht und außerstande, ihm zu wehren. Sie merkte es nicht einmal, als er ihren Arm über den seinen zog und immer noch mit der anderen Hand schmeichelnd über ihre auf seinem Unterarm ruhende Hand strich.

Sie schritten die Promenade hinab, er in einem fort auf sie einredend und in sie dringend, ihm doch persönlich zu wiederholen, was sie dem Brief anvertraut hatte und ihm das Versprechen eines baldigen Wiedersehens zu geben – sie in einem rauschähnlichen Zustand, der sie in eine eigentümlich wohlige, selbstvergessene Stimmung lullte.

Da, an der nächsten Querstraße, kreuzte jemand ihren Weg, der im vorübergehen ein so höhnisches, zorniges Lachen hören ließ, dass sie beide erschreckt aufblickten.

Aber schon hatte der Passant sein Gesicht abgekehrt und verschwand im Gewühl des sich hier stauenden Publikums.

Käthe hatte ihn wohl erkannt; der Zauber, der sie im Bann gehalten, war gebrochen und sie erinnerte sich des wahren Charakters ihres Begleiters, und fast mit Lebensgefahr sprang sie auf den eben vorüberfahrenden Autoomnibus.

Und noch ehe der verdutzte, überraschte Spangenberg recht zur Besinnung gekommen, war das flinke Gefährt schon so weit ab, dass es ihm unmöglich war, dem schönen Flüchtling zu folgen. –

Eine Stunde später gab es zwischen den beiden Verlobten noch eine heftige Auseinandersetzung.

Feldau machte seiner Braut lebhafte Vorwürfe. Sie habe ihre Rolle doch allzu lebensvoll, mit einer Natürlichkeit und Hingabe gespielt, die er nicht von ihr verlangt habe. Käthe aber weinte, halb zerknirscht, halb gekränkt.

Elftes Kapitel.

Der Spieler-Kommers

Feldau war sehr unzufrieden. Die Tage vergingen, ohne dass er auch nur einen Schritt vorwärts kam.

Auch die Besprechung mit Kommissar Weigand, den er um Rat und Verhaltungsbefehle fragte, zeitigte kein Resultat. Geduld! Abwarten! War das Einzige, was der erfahrene Kriminalist empfahl. Nur nicht überstürzen! Keine Unvorsichtigkeit! Kein unüberlegtes, forsches Draufgehen!

Feldau strich wiederholt in verschiedenen Verkleidungen, beobachtend, forschend, auf der Straße herum, wenn die Bäcker des Abends nach 8 Uhr die Bratzsche Wohnung verließen, um sich in ihre Werkstätten zu begeben. Aber keiner der aus der Wohnung des »Spielbooß« kommenden Spieler entsprach auch nur annähernd der Beschreibung und dem Bild des Lomnitz, das er im Verbrecheralbum gesehen hatte.

Da kam dem schon ganz mutlosen Polizeiagenten einer jener Zufälle zu Hilfe, die öfter, als Laien denken, bei den Erfolgen der Kriminalpolizei eine Rolle spielen.

Unter den jungen Bäckergesellen fiel ihm ein im ungefähren Alter mit ihm stehender Mensch auf. Das Gesicht des Burschen kam ihm bekannt vor, wenn er sich auch während des kurzen Momentes, da er an ihm vorüberging, nicht erinnern konnte, wann und wo er ihn schon früher gesehen hatte. Er folgte dem jungen Menschen langsam und trat nach einer Minute, eine Zigarette zwischen den Lippen, an ihn heran.

»Bitte, wollen Sie mir etwas Feuer geben.«

Der Bäcker hielt dem ihn voll und forschend Anschauenden seine brennende Zigarre hin.

Da kam Feldau die Erinnerung.

Das war ja sein Schulfreund Brenner, der mit ihm zusammen in ihrer kleinen Vaterstadt Pollnow in Pommern die Schulbank gedrückt hatte. Es mochten sechs Jahre her sein, dass sie sich nicht gesehen hatten.

Da er an diesem Abend ein Dienstmannskostüm trug, zu dem er sich eine kupferrote Nase und ebensolche Backen angeschminkt und eine Bartfräse angelegt hatte, so war es ausgeschlossen, dass Brenner ihn erkannte. Er dankte und ging dann wieder, anscheinend eilig, von dannen.

Aber er machte bald wieder kehrt und eilte dem ahnungslos Weiterschreitenden nach, um auszukundschaften, in welcher Bäckerei er arbeitete.

Feldau war nicht wenig erfreut. Vielleicht gelang es, durch Brenners Vermittlung, zum dritten Male, diesmal mit mehr Aussicht auf Erfolg, in die Bratzsche Wohnung zu gelangen.

Gegen Mittag des anderen Tages legte er seine gewöhnliche Kleidung an, dazu schmückte er sich mit einem Backenbart, der am Kinn ausgeschnitten war. So suchte er die Bäckerei auf, in der Brenner beschäftigt war. Auf seine Bitte wurde der Geselle, der eben seinen Morgenschlaf beendet hatte, gerufen.

Die Begrüßung zwischen den beiden Jugendfreunden war eine sehr herzliche.

Feldau gab an, dass er von einem gemeinsamen Freunde in Pollnow erfahren habe, dass Brenner in Berlin sei, und so komme er, um mit dem alten Freunde ein paar Stunden zu verbringen, und die gemeinsamen Erinnerungen aus der Schul- und Lehrzeit aufzufrischen.

Brenner zeigte sich zwar sehr erfreut über diesen unerwarteten Besuch des ehemaligen Spiel- und Schulkameraden, aber dem heimlich scharf beobachtenden Polizeiagenten entging nicht, dass bei seinen letzten Worten sich des Landsmannes Stirn nachdenklich zusammenzog. Aber er sagte doch zu und eilte davon, um Überzieher und Hut aus seiner Schlafkammer herauszuholen.

Als sie draußen auf der Straße gemeinsam nebeneinander dahinschritten, berichtete Feldau über seine Lebensschicksale, mit einer Abänderung, die er sich schon vorher ersonnen hatte, und die zum Zweck der Erreichung seines amtlichen Auftrages dringend geboten war. Er habe eine Zeit lang in seinem Handwerk gearbeitet, schließlich aber habe er die Profession, die ihm niemals zugesagt, aufgegeben und habe sich einen weniger anstrengenden und dabei einträglicheren Beruf gewählt. Er sei ein paar Jahre als Kellner tätig gewesen und zuletzt Oberkellner in einem besseren Restaurant gewesen. Hier habe er einige Ersparnisse zurückgelegt, und da er auch noch das Glück gehabt habe, ein paar Tausend Mark in der Lotterie zu gewinnen, so habe er nun die Absicht, ein Restaurant zu kaufen oder neu einzurichten. Der Freund möge ihn begleiten; sie wollten gemeinsam eine Anzahl Restaurationen besuchen, die zum Verkauf ständen, um zu sehen, wo das Geschäft am flottesten ginge.

Brenner kraute sich überlegend hinter dem Ohr. Gewiss, eine solche Bierreise sei nicht übel, und er würde den Vorschlag des Freundes für ein andermal gern annehmen, aber heute habe er schon etwas anderes vor. Er mache den Vorschlag, dass Feldau heute ihn begleite; er, Brenner, verspreche ihm ein paar genussvolle und – der Sprechende lächelte vielversprechend – vielleicht ganz einträgliche Stunden.

Der Pseudo-Oberkellner tat sehr überrascht. Was das wohl sein mochte?

Brenner erzählte, dass er vor acht Tagen bei einem Bäcker, namens Bratz, eingeführt worden sei, wo alltäglich ein »Spieler-Kommers« stattfände. Gestern wäre er stark im Verlust gewesen und so wolle er heute mithilfe seiner ganzen noch übrig gebliebenen Barschaft Revanche nehmen.

Feldau schien zu überlegen. Er sei kein Spieler, am wenigsten liebe er das Hasardspiel. Aber freilich, um doch mit dem so lange nicht gesehenen Freunde den Nachmittag über zusammen zu sein, wolle er sein Vorurteil überwinden und Brenner begleiten.

Nachdem die beiden Freunde in der nächsten, auf ihrem Wege liegenden Restauration auf die alte Freundschaft angestoßen und ein paar Glas Bier vertilgt hatten, brachen sie gemeinschaftlich nach der Belforter Straße auf.

Feldaus Freude war nicht gering, dass sich alles so ganz programmmäßig glatt abwickelte.

In geheimer Spannung betrat er um 4 Uhr in Begleitung des Freundes die Bratzsche Wohnung.

Der »Spielbooß« öffnete selbst. Als er des fremden Gastes ansichtig wurde, stutzte er und zog sein Gesicht in strenge Falten. Aber als der junge Bäcker erklärte, dass dies ein alter, lieber Freund von ihm sei, der zurzeit als Rentier lebe und eine Restauration zu kaufen im Begriff stehe, erhellten sich Bratz' Mienen sofort. Ein Fremder, der in so einwandfreier Weise von einem alten »Tippelant« <u>Spieler.</u> eingeführt wurde, und der überdies die Tasche voll Geld hatte, war natürlich sehr willkommen.

Alle drei betraten das Spielzimmer. Es war ein großes, zweifenstriges Zimmer mit einfacher, wenn auch nicht ärmlicher, Ausstattung. In der Mitte stand der große Spieltisch, auf dem der Talon bereits ausgebreitet war. Von der Decke hing eine dreiarmige Gaskrone. Es waren schon ungefähr ein halbes Dutzend Besucher vorhanden, denen Feldau in seiner empfehlenden Eigenschaft als angehender Restaurateur vorgestellt wurde. Alle begrüßten den neuen Gast aufs Freundlichste, und als die Schar der Spieler auf etwa ein Dutzend angewachsen war, kündigte Bratz den Beginn des Spieles an.

Er rief zunächst das Dienstmädchen herein, gab ihr Geld und hieß sie, ein Spiel Karten zu holen.

Feldau, der die Praxis des Bankhalters kannte, wusste, dass dies nur ein Scheinmanöver war, um den Spielern Vertrauen einzuflößen. In Wirklichkeit wurden die Karten längst bereitgehalten, nachdem sie vorher sorgsam vermittels der »Maquillage« präpariert worden waren.

Eine dünne, heißgemachte Nähnadel wird in weißes Wachs getaucht, und während das flüssig gewordene Wachs die Spitze der Nähnadel bedeckt, wird in die Rückseite der einzelnen Kartenblätter in verschiedener Art gestochen. Das flüssige Wachs quillt in die verschiedenen Löchelchen, erstarrt darin und verschließt dieselben. Da das Wachs glänzend ist, so sind die kleinen Pünktchen auf der Oberfläche der Karten kaum bemerkbar und entgehen den Nicht-Eingeweihten vollständig. Höchstens könnte sie einer wahrnehmen, wenn er die Karten schräg gegen das Licht hielte und sie genau betrachtete.

Der mit den Karten manipulierende Bankhalter nimmt mit seinen tastenden Fingerspitzen die Merkmale natürlich wahr und erkennt die Karten (ob ein As, ein König, eine Dame usw.), ohne sie anzusehen, an der Anordnung der verschiedenen kleinen, mit Wachs ausgefüllten

Löcher. Da beim »Tempeln« die Farbe der Karten bekanntlich keine Rolle spielt, so ist der »Zocker« genau
informiert und es ist ganz in sein Belieben gegeben, die
»Tippelanten« gewinnen oder verlieren zu lassen. Bemerkt er, dass die oberste Karte, nachdem er sie aufge-
schlagen, für ihn einen Verlust bedeuten würde, so lässt
er sie liegen und zieht gewandt und geübt schnell eine
andere Karte aus dem Spiel.

Das Dienstmädchen kam mit den verlangten Karten,
die ordnungsmäßig in einem verschlossenen Kuvert
steckten (das vorher natürlich behutsam geöffnet und
sorgsam wieder zusammengeklebt war). Sie reichte das
Spiel dem »Zocker«, den Bratz selbst darstellte; er öffnete das Kuvert und das Spiel nahm seinen Anfang.

Feldau beteiligte sich natürlich am Spiel, indem er ab
und zu eine Mark oder ein Fünfzigpfennigstück setzte.

Aber er war nur äußerlich beim Spiel; sein ganzes inneres Interesse wandte sich heimlich der Tür zu, die in
Spangenbergs Zimmer führte. Der ehemalige Zuchthäusler befand sich nicht unter den Spielern, deren Zahl
sich nach und nach noch vermehrte.

Feldau interessierte das Spiel gar wenig, er kannte ja
seine Wirkung: die glühenden Augen, die fieberhafte
Röte, die nervösen heftigen Bewegungen, die halblaut
ausgestoßenen Flüche der Spieler, die selbstverständlich
meist im Verlust waren. Gegen ihn aber wandte der
»Zocker« das alte Mittel an: Er ließ ihn zuerst gewinnen,
um ihn nachher umso sicherer zu rupfen.

So verging eine gute halbe Stunde.

Feldau hatte bereits ein paar Mark verloren; er zog sich mehr in den Hintergrund des Zimmers zurück und setzte sich, anscheinend ermüdet, auf einen Stuhl und markierte den abergläubischen Spieler, der, wenn er anhaltend im Verlust ist, irgendeine äußerliche Änderung vornimmt, um das Unglück zu verscheuchen und nachher mit umso größerem Eifer das Glück zu suchen.

Sein Blick zog über die Spieler hin, während er die Frage bei sich erwog, ob der Unbekannte, dessen Stimme er kürzlich in Spangenbergs Zimmer vernommen, sich wohl unter ihnen befände.

Um sich nicht den Unwillen des »Spielbooß« zuzuziehen, kehrte er nach einer kurzen Pause zum Spieltisch zurück und verlor wieder ein paar Mark.

Seine Aufmerksamkeit aber galt insgeheim der Tür zu Spangenbergs Zimmer. Aber so sehr er auch sein Gehör anstrengte, in dem wüsten Lärm, der durch die Ausrufe und Flüche der Spieler hervorgerufen wurde, drang kein Laut, kein Geräusch aus dem beobachteten Zimmer zu ihm heraus.

Da plötzlich – den Beobachtenden durchfuhr es wie ein körperlicher Schlag – öffnete sich Spangenbergs Tür und er selbst erschien im Spielzimmer.

Der Eintretende ließ zuerst seinen Blick prüfend über die Spielenden hinschweifen. Als er des neuen Gastes, der ihm noch nicht bekannt war, ansichtig wurde, verfinsterte sich seine Miene und seine Stirn furchte sich unmutig.

Feldau tat natürlich ganz unbefangen; er stand vornübergebeugt, sah mit blitzenden Augen, mit angespannten Mienen, in denen sich offenbar eine lebhafte Spielleidenschaft verriet, auf die Karte hin, die der »Zocker« langsam umschlug. Dennoch warf er ab und zu unter den gesenkten Augenlidern hervor einen blitzschnell spähenden Blick auf Spangenberg.

Der ehemalige Zuchthäusler war, wie immer, gut gekleidet; besonders fiel dem Beobachtenden die Krawattennadel mit dem Rubinherz auf, von der ihm Käthe Wagner erzählt hatte.

Er sah, wie Spangenberg jetzt an den Bankhalter herantrat, ihm etwas ins Ohr flüsterte, worauf dieser mit einem Blick auf ihn, den neuen Gast, anscheinend ein paar beruhigende Worte zurückflüsterte, die sichtlich ihre Wirkung auf Spangenberg nicht verfehlten, denn er mischte sich jetzt unter die Spielenden, wechselte mit dem einen und andern ein paar Worte, pointierte aber selbst nicht.

Feldau nahm wahr, dass Spangenbergs Blick immer wieder zu ihm zurückkehrte, und dass über seine markierten Züge ab und zu noch ein Schatten des Argwohns und der Unzufriedenheit huschte. Schließlich aber schien er sich doch beruhigt zu haben; seine Miene glättete sich und er trat nun an einen der Spieler heran, der Feldau bisher noch nicht aufgefallen war und der wahrscheinlich einer der zuletzt Angekommenen war.

Es war ein Mensch in mittleren Jahren mit einem bleichen, hässlichen, unsympathischen Gesicht und unstet flackernden Augen.

Spangenberg flüsterte dem neben ihm Stehenden ein paar Worte ins Ohr und verschwand dann in seinem Zimmer.

Feldau hörte wieder auf zu pointieren und beobachtete den Unbekannten. Aber je länger er ihn betrachtete, desto mehr wollte ihm scheinen, dass er dieses Gesicht mit den unregelmäßigen, hässlichen Zügen, der starken, dicken Nase und dem breiten Mund schon irgendwo gesehen habe. Er war mit dem Nachforschen in seinen Erinnerungen noch zu keinem Resultat gekommen, als er beobachtete, dass Spangenbergs Freund sich vom Spieltisch zurückzog, in den Hintergrund des Zimmers trat, sich die an der Wand hängenden Bilder ansah und sich dabei langsam, scheinbar unabsichtlich, Spangenbergs Zimmer näherte. Mit einem Mal stand er an der Verbindungstür, warf einen prüfenden Rückblick auf das Zimmer, offenbar, um sich zu vergewissern, dass niemand nach ihm hinsah, und war im nächsten Moment in Spangenbergs Zimmer verschwunden.

Der Pseudo-Oberkellner triumphierte im Stillen. Also das war Spangenbergs geheimnisvoller Besucher. Der alte Lomnitz war es freilich nicht, immerhin war mit Sicherheit anzunehmen, dass der Unbekannte an dem Falschmünzer-Komplott in hervorragender Weise beteiligt war, ja, vielleicht war er der Vermittler zwischen Spangenberg, dem Generalvertreter und dem Hersteller der Falsifikate.

Feldau sah sich jetzt nach seinem Jugendfreunde um. Brenner war wieder stark im Verlust, anstatt den bereits gehabten Schaden wieder ausgleichen zu können, und als ihm der Pseudo-Oberkellner die Hand auf die Schulter legte und ihn aufforderte, sich ein wenig zu »verpusten« und zu erfrischen, stand er seufzend und sich mit der zitternden Hand über das Gesicht streichend, auf. Sie traten an den Tisch, der an einer der Seitenwände stand und auf dem ein einfaches kaltes Büfett Hungrige und Durstige lockte. Sie aßen ein belegtes Butterbrot und leerten dazu ein paar Flaschen Bier.

Feldau fragte den Freund über Namen und Verhältnisse einiger der Spieler aus. Immer lautete die Antwort: Bäcker, konditioniert da und da oder ist stellenlos. Nach einer Weile kamen Spangenberg und sein Freund und mutmaßlicher Komplize zurück; Feldau deutete mit diskreter Gebärde nach dem Unbekannten und zischelte dem neben ihm Stehenden zu: »Wer ist das?«

Brenner zuckte die Achseln. Er wusste nur anzugeben, dass er kein Bäcker wäre, dass er mit dem Schwager des Bratz offenbar gut befreundet war und dass Spangenberg den anderen ein paar Mal mit dem Scherznamen »Assessor« hatte anreden hören.

Assessor!

Das Wort wirkte wie ein Blitz der Erkenntnis in Feldaus Gedächtnis.

War das nicht der Spitzname eines der Vigilanten des Kommissars Weigand, den dieser in der Verbrecherwelt führte? Ja! Und jetzt erinnerte er sich an den bürgerlichen Namen des ehemaligen Zuchthäuslers: Kerner!

Er hatte den »Assessor« einmal vom Fenster von Weigands Büro aus gesehen, als der Vigilant gerade das Polizeigebäude zu verlassen im Begriff stand.

»Den sehen Sie sich einmal genau an und prägen Sie sich sein Bild ein!«, hatte der Kommissar gesagt. »Den werden wir sicherlich eines Tages bei irgendeiner Spitzbüberei ertappen. Ich habe ihn eben zum Teufel gesagt!«

Darauf hatte ihm Weigand ein kleines Erlebnis mitgeteilt, das recht charakteristisch für die Beurteilung des Vigilantentums war. Er habe Licht und Kerner, die mit der Verbrecherwelt (die natürlich nicht von dieser doppelten Tätigkeit der beiden ehemaligen Zuchthäusler unterrichtet war) in Verbindung standen, eine Zeit lang beschäftigt. Kerner habe seinem Kameraden Licht seinen Anteil an den ihnen vom Kommissar zugemessenen Honoraren offenbar nicht gegönnt und ihn deshalb eines Tages »alle werden« lassen. Der Vigilant sei nämlich zu ihm gekommen und habe ihm mitgeteilt, dass in der Nacht in ein großes Pelzwarengeschäft eingebrochen werden sollte. Er – der Kommissar – habe sich mit einigen Schutzleuten in dem Geschäft versteckt und die Einbrecher, die sich tatsächlich in der Nacht ahnungslos eingestellt hatten, auf frischer Tat festgenommen. Seine Überraschung sei nicht gering gewesen, als er seinen Vigilanten Licht als einen der Einbrecher festgestellt habe. Durch Lichts Aussagen und mit Hilfe von Kombinationen habe er herausgebracht, dass Kerner selbst den Plan zu dem Einbruch angeregt und Licht listig an die Sache »herangeschoben« habe, während er sich im letzten Augenblick unter einem Vorwande von der nächtlichen Expedition zurückgezogen hatte.

Diese Voraussage des erfahrenen Kriminalisten schien bereits in Erfüllung gegangen zu sein, denn dass Kerner

Spangenbergs Komplize in dem Münzverbrechen war, ließ sich kaum bezweifeln.

Feldau kehrte mit seinem Jugendfreunde zum Spieltisch zurück, an den auch der »Assessor« herangetreten war. Er beobachtete, während er selbst pointierte, wie Kerner sogleich leidenschaftlich ins Zeug ging. Ja, er war offenbar ein passionierter Spieler, denn je mehr er verlor, desto höher wurden seine Einsätze. Es dauerte gar nicht lange, so schien er seine ganze Barschaft verloren zu haben. Fluchend fasste er in seine Tasche, um die Hand wieder leer zurückzubringen. Ein paar Sekunden stand er ratlos und unschlüssig; seine Blicke glitten über den Spieltisch hin und blieben begehrlich, wie gebannt, an dem Geldhaufen hängen, der vor dem Bankhalter lag. Seine Augen öffneten sich weit und sprühten vor Hass und Gier. Plötzlich zuckte ein Ausdruck von Hohn und Grimm über sein Gesicht, und mit einem entschlossenen Ruck griff er in seine Rocktasche, aus der er gleich darauf ein Päckchen Banknoten hervorzog.

Dem Polizeiagenten gab es einen Ruck, und unwillkürlich straffte sich sein Körper. Die Versuchung, vorzustürzen und dem »Assessor« die Geldscheine aus der Hand zu reißen, wandelte ihn an, und er musste seine ganze Selbstbeherrschung aufbieten, um nicht diesem Impulse nachzugeben. Kerner löste eine der Banknoten von den anderen und legte sie auf den Tisch. Richtig! Es war, wie Feldau geahnt hatte, ein Fünfmarkschein.

Der »Zocker« schlug um, und der Geldschein wanderte zu dem vor dem Bankhalter aufgestapelten Silber- und Nickelhaufen. Die Tatsache, dass Bratz den Fünfmarkschein ohne irgendein Zeichen des Protestes oder des

Unwillens eingestrichen hatte und dass Kerner kein Bedenken getragen hatte, ihn in Zahlung zu geben, registrierte der Polizeiagent bei sich als einen Beweis dafür, dass Spangenbergs Schwager nichts von dessen Tätigkeit als Verbreiter der Falsifikate wusste. Aber war die Annahme, dass jener Fünfmarkschein ein falscher war, nicht eine voreilige? In Feldau schoss natürlich der Wunsch hoch, den verdächtigen Fünfmarkschein an sich zu bringen, aber er war noch zu keinem Entschluss gelangt, als er sah, wie Spangenberg an Kerner herantrat, der eben im Begriff stand, sein Spiel fortzusetzen. Spangenberg legte seine Hand schwer auf des »Assessors« Schulter, zog ihn mit sanfter Gewalt zurück und flüsterte mit drohender, zürnender Miene auf ihn ein.

Kerner schien keinen Widerspruch zu wagen, sondern er steckte die übrigen Banknoten ein und zog sich mit Spangenberg an das Büfett zurück. Den Polizeiagenten aber bestärkte die soeben insgeheim beobachtete Szene, die sich blitzschnell abspielte und die die anderen vom Spiel erregten und ganz in Anspruch genommenen Spieler nicht beobachtet hatten, in seinem Verdacht. Der Wunsch, den vor Bratz liegenden Fünfmarkschein an sich zu bringen, war so glühend in ihm und beherrschte ihn so ganz, dass davor jeder andere Gedanke zurücktrat und dass er darüber jede mit Rücksicht auf Spangenberg gebotene Vorsicht vergaß. Entschlossen trat er an den Bankhalter heran und bat ihn, ihm die Banknote gegen Kurant zu überlassen. Bratz, gänzlich ahnungslos, zögerte nicht einen Augenblick, den höflichen Wunsch des neuen Gastes, den man sich warmhalten musste, zu erfüllen. Feldau steckte den Fünfmarkschein mit stiller

Befriedigung ein. Als er nun aber seine Blicke zu Spangenberg und dessen Genossen hinüberschweifen ließ, sah er dessen Augen mit einem Ausdruck starken Misstrauens auf sich gerichtet. Ja, es schien ihm, als ob Schreck und Hass aus Spangenbergs funkelnden Mienen sprachen.

Feldau sah ein, dass er doch vielleicht unbesonnen und voreilig gehandelt hatte, denn des Verbrechers Argwohn schien diesmal in hohem Grade geweckt. Er nagte hastig mit den Zähnen an der Unterlippe, richtete ein paar heftige Flüsterworte an den »Assessor« und war eben im Begriff, an Bratz heranzutreten, als der Regulator an der Wand die achte Stunde verkündete.

Das war für die meisten Anwesenden ein Zeichen, das Spiel einzustellen und aufzubrechen. Feldau beobachtete, wie Spangenberg auf seinen Schwager einredete und wie Bratz darauf ihn – Feldau – mit den Augen suchte, die Karten niederlegte und Brenner zu sich heranwinkte. Der junge Bäcker hörte mit ärgerlicher Miene den Worten des »Booß« zu, schien heftig zu widersprechen und kam dann zu dem neugierig und ahnungsvoll ihn erwartenden Polizeiagenten zurück.

Während sie die Spielhölle verließen, teilte Brenner Feldau mit, dass Bratz ihm verboten habe, seinen Freund je wieder mitzubringen, da es bei ihm Grundsatz sei, nur Kollegen und seine und seines Schwagers persönliche Freunde zuzulassen. Feldau lachte.

»Na, darum brauchst du dich nicht aufzuregen, lieber Karl,« entgegnete er. »Ich werde ohnedies nicht mehr mitkommen, denn mir liegt nichts daran, mir mein gutes Geld von dem Gauner abnehmen zu lassen.«

Zwölftes Kapitel.

Spangenbergs Geliebte

Feldau sah eines Abends, als er, diesmal in der äußeren Gestalt eines »Pennbruders«, in der Nähe der Bratzschen Wohnung herumschlenderte, Spangenberg das Haus verlassen. Er begab sich auf die andere Seite der Straße und bemühte sich, vor dem schnell Dahinschreitenden einen Vorsprung zu gewinnen, um ihn nach seiner neuen Gewohnheit über die Schulter hinweg beobachten zu können. Der Weg ging nach dem Königstor. Hier bestieg Spangenberg eine Elektrische und nahm auf dem Hinterperron Aufstellung. Dem Pseudo-Pennbruder blieb nichts übrig, als die schnellste Gangart, über die er verfügte, anzuschlagen, um seinem Observanten folgen zu können. Natürlich war er schon nach wenigen Minuten erschöpft, und die Gefahr, die Elektrische aus den Augen zu verlieren, rückte immer näher. Da führte der Zufall dem keuchend Dahinrasenden ein leeres Auto in den Weg. Den Wagenschlag aufreißen und mit einem Satz hineinspringen, war für Feldau das Werk eines Augenblicks. Er hatte aber in seinem Eifer nicht damit gerechnet, dass er in seinem Kostüm dem Chauffeur als ein wenig annehmbarer Fahrgast erscheinen musste. So wandte sich der Wagenführer denn auch richtig nach dem vermeintlichen Strolch herum und sagte lachend: »Nanu!«

»Vorwärts doch!« drängte der Polizeiagent.

Aber der Chauffeur beugte sich über den Sitz, hielt dem unerwünschten Fahrgast die Faust drohend unter die Nase und stieß nur den einen drastischen und deutlichen Ausruf aus: »Nu aber 'raus!«

Feldau konnte sich natürlich nicht in lange Erklärungen einlassen, die Entfernung zwischen ihm und der Elektrischen vergrößerte sich mit jedem Moment, so sprang er denn mit einem Satz wieder aus dem Gefährt und stürmte mit Aufbietung aller seiner Kraft davon. Der Schweiß lief ihm trotz der Kälte des Tages stromweise aus allen Poren, seine Brust wogte stürmisch, das Herz klopfte ihm zum Zerspringen, und die Beine wollten fast den Dienst versagen.

Spangenberg stand noch immer auf dem Hinterperron. Feldau konnte bei dem hellen Licht der Gasglühlaternen die ihm wohlbekannte hagere Figur deutlich unterscheiden. Noch nie hatte er den Observanten um diese Zeit diesen Weg nehmen sehen. Wer weiß, ob er nicht mit Lomnitz, oder wer sonst die falschen Fünfmarkscheine verfertigte, eine Zusammenkunft hatte, ja vielleicht suchte er sogar die Falschmünzerwerkstätte auf. Dieser Gedanke peitschte Feldaus bereits erlahmende Energie gewaltsam auf, dennoch fühlte er, dass er am Ende seiner Kräfte angelangt war und in der nächsten Minute zusammenbrechen musste. Da erblickte er in der höchsten Not einen im schärfsten Trab heranrasselnden Bierwagen. Mit einer letzten Kraftanstrengung schwang er sich auf eines der in eisernen Klammern hinten am Wagen hängenden Fässer. Zum Glück fuhr der Wagen in der Richtung der Elektrischen weiter. Der Polizeiagent war froh, obgleich der Sitz auf dem schwankenden harten Fass nichts weniger als angenehm war. Die Hauptsache war aber, dass er die vorausfahrende Elektrische, die ab und zu an einer Haltestelle eine Pause machte, im Auge behalten konnte und dass die Entfernung zwischen ihr und dem Bierwagen sich sogar noch allmählich verringerte.

Da trat ein neues Hindernis ein. Die Passanten auf der Straße waren auf den »blinden Passagier« auf dem etwas ungewöhnlichen Sitz aufmerksam geworden. Man lachte, blieb stehen und machte seine humoristischen Bemerkungen. Ja, ein paar Straßenjungen rafften Steine auf und begannen unter lautem Hallo ein Bombardement auf den Pseudo-Strolch.

Feldau fluchte. Die Wurfgeschosse flogen ihm um die Ohren, jetzt traf ihn sogar ein Stein an den Kopf, und wenn die Mütze die Kraft des Wurfes nicht geschwächt hätte, so hätte er wohl eine ernstliche Verwundung davongetragen. Das Schlimmste aber war, dass der Kutscher des Bierwagens das, was sich hinter seinem Rücken abspielte, bemerkt hatte und nun den ungebetenen Fahrgast mit einigen kräftigen, wohlgezielten Peitschenhieben zur Aufgabe seines Sitzes aufzufordern begann.

Feldau biss die Zähne zusammen und suchte mit schnellen Bewegungen den Hieben auszuweichen, von seinem Sitz aber rührte er sich nicht.

Da endlich – es war die höchste Zeit, denn der herkulisch gebaute Kutscher war schon im Begriff, den Wagen anzuhalten, um sich des hartnäckigen Fahrgastes mit der Gewalt seiner kräftigen Fäuste zu entledigen – sah Feldau, wie Spangenberg an der eben erreichten Haltestelle am Albertplatz die Elektrische verließ. Mit einem Sprung war er wieder auf den Beinen, und erleichternd aufatmend folgte er dem ahnungslos Vorausschreitenden.

Man befand sich im Osten der Stadt. Nachdem Spangenberg den Albertplatz passiert hatte, bog er in die Albertstraße ein. Hier verschwand er in einem der ersten Häuser. Vorsichtig schlich sich auch der Pseudo-Strolch in den Flur, und hier lauschte er, leise die Treppe hinaufhuschend, welches Stockwerk Spangenberg betreten würde. Er bemerkte, dass der Observant an einer Wohnung des zweiten Stockwerkes die Klingel zog. Nach einer Weile stieg Feldau hinauf. Auf dem Schild, das neben der Korridortür befestigt war, stand lakonisch: »Witwe Merten«. Der Hoffnung, die Falschmünzerwerkstatt entdeckt zu haben, musste sich der Polizeiagent wieder einmal begeben.

Wer aber war die Witwe Merten? Und was führte den ehemaligen Zuchthäusler zu ihr? Traf er hier mit Lomnitz zusammen? Oder handelte es sich bloß um eine Liebesaffäre?

Auf alle diese Fragen konnte Feldau vorläufig die Antwort nicht erhoffen. Denn jetzt hieß es aufpassen, um festzustellen, wer inzwischen die Wohnung der Witwe Merten aufsuchen und ob Spangenberg das Haus allein verlassen werde.

Eine halbe Stunde war der Pseudo-Strolch in der Nähe des Hauses auf- und abpatrouilliert, als er eine Frauengestalt aus dem Hausflur treten sah. Ob sie aus der Mertenschen Wohnung gekommen war, konnte er zwar nicht wissen, dennoch hielt er es für richtig, die Frau in Augenschein zu nehmen. Sie war noch jung, etwa dreißig Jahre alt, hatte ein hübsches, sympathisches Gesicht, einen frischen Teint und große dunkle Augen. Der Polizeiagent prägte die Einzelheiten der unbekannten Persönlichkeit in seinem Gedächtnis ein und begab sich wieder auf seinen Posten. Volle zwei Stunden musste er, bebend vor Frost in seinem leichten Kostüm auf der Straße warten. In der ganzen Zeit hatte außer einigen Kindern und Dienstmädchen niemand sonst das Haus verlassen oder betreten.

Endlich erschien Spangenberg wieder; er kehrte direkt und zu Fuß in seine Wohnung zurück.

Am anderen Tage begab sich Feldau in seiner Dienstmann-Tracht nach der Albertstraße zurück. Bei einem Budiker in der Nachbarschaft trat er ein, ließ sich ein Glas Bier geben, und begann mit dem behäbigen Wirt ein Gespräch. Auf Umwegen kam er auf die Witwe Merten zu sprechen. Was er von dem geschwätzigen Budiker vernahm, war wohl angetan, ihn zu interessieren. Die Witwe lebte mit ihrer erwachsenen Tochter Elise zusammen. Das junge Mädchen sei früher Modistin gewesen, habe aber nicht mehr nötig, sich die schönen weißen Fingerchen mit der Nadel zu zerstechen. Seit drei Jahren sei sie die Freundin eines reichen Bankiers, eines Junggesellen, dem das Haus gehöre. Dennoch sei Elise Merten ein braves Mädchen, und nur die bitterste Not – ihre Mutter war längere Zeit krank gewesen – habe sie veranlasst, den Bewerbungen des Bankiers Gehör zu schenken.

Auf die Frage, ob die beiden Frauen viel Verkehr hätten, antwortete der Wirt, soviel er wisse, führten Mutter und Tochter ein zurückgezogenes Leben. Außer mit dem Bankier ging Elise Merten mit niemand aus, und bei ihr selbst verkehre, soviel er wisse, nur noch ein Verwandter, ein Neffe der Merten, über den er aber nichts näheres zu sagen wisse.

Aha! Dachte Feldau. Der »Neffe« ist sicher kein anderer als Spangenberg. Seine weiteren Erkundigungen in einigen anderen Geschäften der Nachbarschaft bestätigten lediglich die Mitteilungen des Budikers.

Alle sprachen mit Sympathie von Elise Merten, die ein stilles, bescheidenes Leben führe und sich durchaus zurückhaltend und anständig benehme.

Feldau ergänzte das, was er gehört hatte, bei sich selbst. Allem Anschein nach war Spangenberg der Geliebte der Elise Merten, dem sie wahrscheinlich die weicheren und ehrlicheren Empfindungen ihres Herzens widmete. Wie alle Mädchen dieser Art empfand sie für den Mann, dem sie Liebe zu heucheln gezwungen war, weil er ihr eine behagliche Existenz bereitete, keine wärmere Empfindung, sondern im Gegenteil, Widerwillen, wenn nicht Hass. Mit umso innigeren, hingebenderen Gefühlen hing sie wohl an dem Mann, den sie selbst frei gewählt und auf den sie alle besseren Regungen ihrer Seele konzentrierte.

Natürlich wurde die Wohnung der Witwe Merten in der nächsten Zeit aufmerksam beobachtet. Es ergab sich aber nichts, das auf irgendwelche Beziehungen der beiden Frauen zu der Falschmünzerangelegenheit hingedeutet hätte.

Außer Spangenberg und einem eleganten älteren Herrn, der in einem Privatautomobil vorzufahren pflegte, und der als der Bankier und Hausbesitzer rekognosziert wurde, suchte niemand die Wohnung der Witwe Merten auf.

Dennoch gab Kommissar Weigand Feldau den Auftrag, mit Elise Merten persönlich Verbindung anzuknüpfen.

Der Polizei-Agent suchte also im Dienstmanns-Kostüm die Wohnung der Witwe mit einem schönen Blumenstrauß auf.

Frau Merten öffnete ihm die Tür und führte ihn, als er erklärt hatte, dass er einen persönlichen Auftrag für Fräulein Merten habe, in das Wohnzimmer. Das Zimmer war komfortabel eingerichtet; die Freigebigkeit des Bankiers war unverkennbar und kam auch in dem eleganten Morgenrock, den Elise Merten trug, zum Ausdruck. Die Freundin des Bankiers war eine Blondine von hohem und sehr schönem Wuchs. Ihr Gesicht zeigte sympathische und hübsche Züge. Der Polizei-Agent bewunderte im Stillen Spangenbergs Geschmack und sein Glück bei den Frauen.

Diesmal hatte Feldau die Hilfe seiner eifersüchtigen Braut nicht in Anspruch genommen. Er richtete, während er dem erstaunten Fräulein die duftigen Blumen überreichte, seinen Auftrag mündlich aus. Er sei, so berichtete er, von einem elegant gekleideten Herrn, der seinen Namen nicht genannt habe, auf der Straße angerufen worden. Der Unbekannte habe ihm Namen und

Adresse von Fräulein Merten angegeben und ihn beauftragt, den Blumenstrauß dem Fräulein zu überbringen.

Er – der Unbekannte – habe Fräulein Merten am Fenster von der Straße aus gesehen und ein lebhaftes Interesse für sie gefasst. Er bitte sie, die Blumen als ein Zeichen seiner Verehrung freundlichst anzunehmen, und lasse sie bitten, ihm doch für den nächsten Nachmittag, fünf Uhr, eine Zusammenkunft im Café Reichskrone zu gewähren.

Aber Elise Merten schien sehr wenig von der ihr dargebrachten Huldigung erbaut. Wahrscheinlich hatte sie öfter derartige Annäherungsversuche, die wohl nicht immer rücksichtsvolle Formen einhielten, zu verzeichnen. Sie zog ihre Stirn in Falten; über das freundliche, hübsche Gesicht breitete sich ein Schatten und die schön geformten Lippen kräuselten sich hochmütig. Der Herr solle sich nicht bemühen, sie gäbe sich kein Rendezvous mit unbekannten Herren und auch die Annahme des Blumenstraußes müsse sie strikte ablehnen.

Aber Kriminalkommissar Weigand, dem Feldau Bericht erstattete, gab trotz dieser Zurückweisung die Hoffnung nicht auf, in der Rolle eines Bewunderers – die er selbst spielen wollte – die Bekanntschaft der Geliebten des Spangenberg zu machen. Er war Frauenkenner genug, um zu wissen, dass schöne Frauen an solchen in der Aufwallung eines Augenblicks gefassten Entschließungen nicht immer konsequent festhalten, sondern dass sie nicht selten im letzten Moment sich eines andern besinnen. Für Schmeicheleien war ja das schöne Geschlecht im Allgemeinen sehr empfänglich und die weibliche Neugier und Sensationslust pflegte dem Reize eines in Aussicht stehenden galanten Abenteuers nur schwer widerstehen zu können.

Am wenigsten durfte man von Mädchen von der Art Elise Mertens unbesiegbare Sprödigkeit und eine auf moralischen Bedenken beruhende strenge Unzugänglichkeit erwarten.

Pünktlich um fünf Uhr nahm Kommissar Weigand an einem der runden Tischchen des Café Reichskrone Platz und zehn Minuten später sah er eine hochgewachsene, hübsche und ebenso geschmackvoll wie elegant gekleidete Blondine eintreten, die – der Beschreibung nach – wohl Elise Merten sein konnte. Seiner Sache sicher war Weigand, als er kurz darauf den ihm ja bekannten Spangenberg das Lokal betreten sah. Er selbst deckte sich durch ein vorgehaltenes Zeitungsblatt, hinter dem er die beiden neuen Gäste beobachten konnte, ohne selbst ihre Aufmerksamkeit zu erregen.

Langsam schritt Spangenbergs Geliebte den Mittelgang hinunter, sich überall forschend und suchend umblickend. Natürlich hütete der Kommissar sich, die zum Rendezvous Geladene zu begrüßen, denn auf den Fersen folgte ihr, getreu wie ihr Schatten, Spangenberg als Kavalier und Beschützer.

Kommissar Weigand lächelte in sich hinein. Die Sprödigkeit und Zurückhaltung der Freundin des Bankiers hatte er zwar unterschätzt, aber eine rechte Evanatur war sie trotzdem. Sicherlich sollte das Erscheinen der Blondine in Begleitung ihres Seladons einen Protest darstellen, den sie sich, eitel wie alle Evatöchter, nicht hatte versagen können. Sie wollte dem kecken, ihr noch unbekannten Verehrer eine Lektion erteilen und ihm » *ad oculos*« demonstrieren, dass sie nicht »so eine« sei und dass sie nicht daran denke, jedem sich ihr nähernden zudringlichen Menschen, und mochte er auch noch so elegant und galant sein, ein Rendezvous zu gewähren.

Die beiden Gäste nahmen endlich Platz, zur stillen Befriedigung des Kriminalkommissars, an einem Tisch, den er bequem übersehen konnte. Es interessierte den heimlich Beobachtenden nicht wenig, zu sehen, wie die beiden Ahnungslosen sich zu einander verhielten.

Spangenberg spielte in tadelloser Weise den aufmerksamen Ritter und Verehrer. Er zog seiner Begleiterin selbst den Mantel aus, obgleich der Kellner hinzugetreten war, um den Beiden bei Abnahme der Garderobe behilflich zu sein, er fragte, welchen Stuhl sie vorziehe, und nachdem sie sich nebeneinander gesetzt hatten, ruhte sein Blick voll Zärtlichkeit und Anbetung auf ihr. Auch sie legte durch ihr ganzes Benehmen das herzliche Verhältnis an den Tag, das die beiden zweifellos verband. Sie zog, als Spangenberg eine Zigarette in den Mund gesteckt hatte, den Streichholzständer heran und rieb selbst ein Zündholz an, das er mit höflichem Dank in Empfang nahm. Dann sprachen sie lebhaft miteinander, und als der Kellner die bestellten Getränke gebracht hatte, schien er sich aufmerksam zu erkundigen, wie es ihr mundete. Während des Gesprächs legte sie verschiedene Male ihre Hand auf die Seine und fuhr liebkosend über seinen Handrücken hin; dabei suchten ihre Blicke sich zärtlich und blieben mit verliebtem Ausdruck aneinander hängen. Kurz, ihr ganzes Verhalten gegeneinander war so, dass man sie für ein in den Flitterwochen lebendes junges Ehepaar halten konnte.

Auch in diesen vom unerbittlichen Leben misshandelten und abgehärteten, abgestumpften Herzen schien noch ein Funken von Poesie, der Hauch besserer Empfindungen zu leben, die diese Unglücklichen für Stunden dem Bewusstsein ihrer moralischen Verkommenheit, der Trostlosigkeit ihrer Zukunft enthoben.

Dreizehntes Kapitel.

Ein unerwarteter Zwischenfall

An einem der nächsten Morgen sahen zwei Landleute, die mit Gemüsewagen nach der Stadt fuhren, auf dem freien Felde unweit der Chaussee einen Mann liegen. Einer der zum Markt Fahrenden stieg ab, um sich zu überzeugen, ob hier ein Unglücksfall oder ein Verbrechen vorliege, oder ob es sich um einen Schlafenden handelte. Seine heftigen Gebärden, seine Rufe, bewiesen bald, dass etwas Entsetzliches geschehen sein musste. Die neugierig Herbeieilenden stellten nun gemeinsam fest, dass hier ganz offenbar ein Mord verübt worden war. Der Tote war über und über mit Blut besudelt, das aus einer Wunde in der Herzgegend geflossen war. Neben dem Toten lag ein dolchartiges Messer.

Auf dem nächsten Polizeirevier-Büro, an dem der Weg der zur Markthalle Fahrenden vorüberführte, wurde die Anzeige erstattet, die telefonisch sofort an das Polizeipräsidium weitergegeben wurde.

Die sogenannte Mordkommission, die aus dem Chef der Kriminalpolizei, zwei Kommissaren, darunter Weigand, einem Kriminalwachtmeister und dem Polizeiarzt bestand, begab sich flugs nach der Mordstelle. Auch der Staatsanwalt und der Untersuchungsrichter stellte sich bald darauf ein.

Weigand hatte, bevor er aufbrach, einer plötzlichen Eingebung folgend, einen Kriminalbeamten nach der Belforter Straße gesandt, um Feldau den Befehl zu überbringen, sofort nach der bezeichneten Stelle an der Königschaussee zu kommen.

Der Kommissar selber war nicht wenig erstaunt, als er in dem Toten einen alten Bekannten rekognoszierte, seinen ehemaligen Vigilanten Kerner, den »Assessor«.

Er erinnerte sich der Angaben, die ihm Feldau über Kerner, dessen Besuch bei Spangenberg, seiner Teilnahme an dem Harsardspiel der Bäcker und der Verausgabung eines falschen Fünfmarkscheins gemacht hatte.

Nun lag Kerner leblos, starr, offenbar das Opfer eines Meuchelmörders, vor ihm. So hatte also der ehemalige Zuchthäusler geendet, der eine Reihe von Verbrechen und sonstigen gemeinen Handlungen, darunter den Verrat seines Freundes Licht, auf dem Gewissen hatte!

Wer konnte der Täter sein? War es vielleicht Licht, der bei einer günstigen Gelegenheit Rache genommen hatte? Aber nein, der büßte ja noch die Zuchthausstrafe ab, zu der er wegen des Einbruchs im Pelzgeschäft verurteilt worden war.

Kommissar Weigand gab über die Identität des Ermordeten Auskunft, ohne jedoch von dessen Teilnahme an, dem noch immer nicht genügend aufgeklärten Münzverbrechen zu berichten. Er gab auch seiner Vermutung

Ausdruck, dass der Mörder aller Wahrscheinlichkeit nach in Verbrecherkreisen, unter den Freunden des Kerner, zu suchen sein würde. Sicherlich handelte es sich um einen Racheakt oder um einen Streit, in dessen Verlauf es zu Tätlichkeiten gekommen war. Auffallend war, dass das Mordinstrument kein gewöhnliches Messer, sondern eine elegante Waffe war aus damasziniertem Stahl und mit einem mit Silber ausgelegten Griff. Noch mehr frappierte es die Untersuchenden, dass sich in des Toten Hosentasche ein Portemonnaie mit über sechs Mark vorfand. Diese Tatsache konnte wohl als Beweis dafür angesehen werden, dass Weigands Vermutung, Rachegelüst oder Streit sei die Ursache des Mordes gewesen, zutreffend war. Immerhin erschien es merkwürdig, dass der Genosse des ehemaligen Zuchthäuslers nicht, wie einer der Herren scherzend bemerkte, das Nützliche mit dem Angenehmen verbunden und dem Ermordeten nach geschehener Tat die Taschen visitiert hatte.

War der Mörder vielleicht hinterher über seine Tat entsetzt gewesen, dass er in der Aufregung an eine Plünderung seines Opfers nicht gedacht hatte? Oder hatte er es verschmäht, dem Toten die Taschen nach Beute zu durchsuchen? Im Übrigen lag der Fall einfach. Außer ein paar Schlüsseln, einem Taschentuch und einem Taschenmesser wurde bei dem Toten nichts vorgefunden. Das Mordinstrument wurde von dem Untersuchungsrichter beschlagnahmt.

Die Herren waren eben im Begriff, die Mordstelle zu verlassen, als Feldau quer über das Feld herankam. Er meldete sich bei seinem Vorgesetzten, dann, einen Blick auf den Toten werfend, ließ er einen halb unterdrückten Ruf der Überraschung hören. Der Untersuchungsrichter, der von Weigand über die Persönlichkeit seines Polizeiagenten kurz aufgeklärt worden war, näherte sich Feldau.

»Sie kennen den Toten?«

»Jawohl, Herr Landgerichtsrat.«

»Was wissen Sie von ihm?«

»Ich habe ihn im Verdacht gehabt, falsches Geld verausgabt zu haben, habe Herrn Kommissar Weigand darüber Mitteilung erstattet; als er aber verhaftet werden sollte, war er plötzlich verschwunden.«

»Und Sie haben inzwischen nichts von ihm gehört?«

»Nein, Herr Landgerichtsrat.«

»Haben Sie auf irgendjemand Verdacht?«

Die Blicke des Fragenden ruhten interessiert auf dem ihm Gegenüberstehenden.

Feldau zögerte ein paar Sekunden mit der Antwort, und schien nachzudenken. Für einen kurzen Moment richteten sich seine Augen auf den hinter dem Untersuchungsrichter stehenden Kommissar. Dann kam die kurze, knappe Antwort: »Nein, Herr Landgerichtsrat.«

Zuletzt beugte sich der Polizeiagent, während die übrigen Herren noch ein paar letzte Worte miteinander wechselten, über die Leiche und ließ seine Blicke forschend auf dem Erdboden haften. Plötzlich bückte er sich, hob etwas Glitzerndes auf und betrachtete es, während ein Aufleuchten über sein Gesicht ging, angelegentlich.

»Was haben Sie da?«, fragte Weigand, der ihn beobachtet hatte, näher herantretend.

Der Polizeiagent erwiderte nichts, sondern reichte seinem Vorgesetzten das Gefundene. Es war eine elegante, kostbare Krawattennadel, ein Herz aus einem Rubin, das mit Diamantsplittern umgeben war. Staunend blickte der Kommissar auf das funkelnde Schmuckstück, schüttelte verwundert mit dem Kopf und zuckte verständnislos mit den Schultern. Interessiert traten die übrigen Herren, die auf den Vorgang aufmerksam geworden waren, hinzu. Lebhafte Ausrufe und Bemerkungen wurden laut.

»Wie kommt der arme Teufel zu solch einem Wertstück? Es war sicherlich nicht sein Eigentum!«

Allerdings, wenn man auf den ärmlich und nachlässig gekleideten Körper des Ermordeten blickte und dann die kostbare Krawattennadel in Augenschein nahm, musste man die Annahme, dass beides zusammengehört haben könnte, weit von sich weisen.

»Wahrscheinlich war das Ding Eigentum des Mörders und er hat es bei der Tat verloren –«, äußerte einer der Herren.

Ein anderer aber schüttelte zweifelnd mit dem Kopf.

»Der wird sich doch kaum in besseren Umständen befunden haben, als sein Opfer, und sicherlich nicht eine Krawattennadel von solchem Wert getragen haben.«

»Was meinen Sie, Weigand?« wandte sich der Chef der Kriminalpolizei an den Kommissar.

»Allem Anschein nach gehörte die Nadel zu einer Die-besbeute, die die beiden zwischen sich geteilt haben. Dabei ist es dann wohl zu dem Streit gekommen, der für den einen den tödlichen Ausgang genommen hat. Der Mörder mag bei dem Kampf die Nadel verloren und nachher nicht wiedergefunden haben.«

Der Chef nickte beipflichtend und die Herren verließen das Feld, nachdem der Untersuchungsrichter auch die-ses neue Beweisstück zu sich gesteckt hatte, und kehrten zu den auf der Chaussee haltenden Autodroschken zu-rück. Weigand nahm indes seinen Polizeiagenten zur Seite.

»Sie haben noch etwas, Feldau«, sagte er, den neben ihm Schreitenden mit durchdringendem Blick anschau-end. »Ich sehe es Ihnen an.«

»Ich glaube den Mörder zu kennen, Herr Kommissar,« versetzte der Gefragte mit halblauter Stimme.

»Ah! ... Also?«

»Spangenberg, Herr Kommissar! –«

Weigand blieb überrascht, erstaunt stehen.

»Wie kommen Sie darauf?«

»Die Krawattennadel ist Spangenbergs Eigentum.«

»Ah! ... Und Sie irren sich auch nicht, Feldau?«

»Nein, Herr Kommissar. Eine solche Nadel sieht man doch nicht alle Tage. Übrigens kann auch meine Braut, der die Nadel auch bei Spangenberg aufgefallen war, meine Angabe bestätigen.«

Der Kommissar nickte befriedigt.

»Dann wollen wir doch gleich –« er war im Begriff, dem Untersuchungsrichter nachzueilen, als ihn der Polizeiagent zurückhielt.

»Herr Kommissar! –«

Weigand drehte sich zu dem Rufenden um.

»Was denn?« ... Ach so! Allerdings!«

Er hielt seine Schritte an und ging langsam, überlegend, an Feldaus Seite weiter.

»Dann wird Spangenberg verhaftet, und wir haben damit die Möglichkeit, durch ihn zu dem Falschmünzer und seiner Werkstätte zu gelangen, verloren ... Also schweigen! Übrigens handelt es sich doch bei Ihnen nur um eine Vermutung. Also, wie gesagt: Schweigen wir vorläufig davon! Und nehmen wir von nun an Spangenberg in eine schärfere Observation. Ich werde Ihnen noch einen Beamten beigeben ... *A propos*, wie lange haben Sie denn Spangenberg gestern beobachtet?«

Der Polizeiagent schlug betreten die Augen nieder, und ein Ausdruck der Verlegenheit huschte über sein Gesicht.

»Bis halb neun Uhr, Herr Kommissar«, antwortete er kleinlaut.

»Nur bis halb neun?«, fragte Weigand scharf zurück.

»Meine Braut ist krank, und da bin ich denn noch des Abends zu ihr gegangen, um zu hören, wie es ihr ginge, Spangenberg war um acht Uhr aus einem Restaurant nach Hause gekommen. Um halb neun wurde es dunkel in seinem Zimmer, und da nahm ich an, dass er bei seinem Schwager in der Familie wäre und nicht mehr ausgehen würde. Zu so später Zeit konnte ich auch nicht annehmen, dass er noch Besuch bekommen würde und so –«

»Es ist gut«, unterbrach der Kommissar. »Also Spangenberg wird von jetzt ab nicht eine Sekunde lang aus den Augen gelassen. Sie dürfen Ihren Posten nicht verlassen, bevor Sie Ablösung erhalten haben. Verstanden?«

»Sehr wohl, Herr Kommissar.«

In derselben Nacht sah Feldau, der in der Nähe des Hauses in der Belforter Straße in der Kleidung eines Strolches patrouillierte, wie sich – es war in der zwölften Stunde – die Haustür öffnete und wie Spangenbergs hohe, hagere Gestalt auf die Straße schlüpfte. Der Verbrecher blieb eine Weile abwartend im Hausflur stehen und lauschte auf die Straße hinaus. Ein halb Betrunkener torkelte vorüber, ein Ehepaar kam von der Weißenburger Straße her – der Verbrecher wartete, bis die bei ihm Vorübergehenden in ihren Häusern verschwunden waren.

Feldau stand in einem der gegenüberliegenden Häuser eng an die Seitenwand des Eingangs gedrückt und beobachtete jede Bewegung des abwartend Stehenden. Jetzt setzte sich Spangenberg in Bewegung. Feldau folgte in einiger Entfernung auf dem gegenüberliegenden Trottoir. Aber so behutsam er auch auftrat, des Verbrechers scharfes, argwöhnisches Gehör vernahm die ihm nachhuschenden Schritte. Plötzlich blieb er stehen und drehte sich um, nach dem näherkommenden Strolch hinüberblickend. Offenbar hatte er die Absicht, den Herankommenden vorüberzulassen, bevor er seinen Weg fortsetzte.

Dem Polizeiagenten blieb nichts übrig, wollte er nicht den Verdacht des Verbrechers erregen und diesen zur Rückkehr in seine Wohnung veranlassen, als auf der anderen Seite der Straße den immer noch Wartenden zu überholen und in die nächste Querstraße einzubiegen. Hier langsam weiter schlendernd, vernahm er, wie Spangenberg endlich seinen Weg fortsetzte. Nach einer Weile schlich sich der Pseudostrolch zur Straßenecke zurück und lugte nach dem Verbrecher aus. Dieser schritt die Straße hinab, die in die Königs-Allee mündete.

Feldau glaubte erraten zu können, wohin Spangenbergs Weg führte. Ihm nachzugehen war unmöglich, denn er bemerkte wohl, dass der Verbrecher alle paar Schritte stehen blieb und lauschend nach rückwärts schaute. Kurz entschlossen kehrte Feldau in die Nebenstraße zurück und hier eilte er im Laufschritt weiter. Einige hundert Schritt vor der Belforter Straße betrat er die Königs-Allee, die fünf Minuten später sich zur Chaussee erweiterte.

Spangenberg musste wohl sehr langsam gegangen sein, denn seine hohe, weit sichtbare Gestalt zeigte sich noch nicht, und so konnte der Polizeiagent ungesehen den Chausseegraben erreichen. Hier duckte er sich und lief so in gebückter Haltung, von dunkler Nacht umgeben weiter. An der Mordstelle vorbei lief er noch etwa hundert Schritt vorüber, um hier in hockender Stellung die Annäherung Spangenbergs zu erwarten.

Es dauerte nicht lange, als er vorsichtig lugend, die unverkennbare Gestalt des Verbrechers auf der Chaussee daherkommen sah. Er hatte jetzt, wo weit und breit kein Geräusch zu hören war und eine Verfolgung nicht zu befürchten schien, eine schnellere Gangart angeschlagen. Auf der Höhe der Mordstelle angelangt, bog er von der Chaussee ab, übersprang den Graben und trat auf das freie Feld hinaus.

Feldau fühlte, wie ihm das Herz gegen die Rippen pochte. War es die fieberhafte Spannung, die in ihm glühte, war es das Bewusstsein der großen Gefahr, in der er schwebte?

Er sah, wie Spangenberg eine elektrische Taschenlampe hervorzog und mit Hilfe derselben den Erdboden absuchte. Gewiss hatte er den Verlust seiner kostbaren Krawattennadel wahrgenommen, und nun hatte er die Nacht abgewartet, um ihrer ungesehen wieder habhaft zu werden. Der Polizeiagent lächelte höhnisch und mit Genugtuung vor sich hin. Da konnte er lange suchen. Die Nadel war in sicherem Gewahrsam und würde, wenn die Zeit gekommen war, den Verbrecher des von ihm begangenen Mordes überführen.

Spangenberg suchte noch immer emsig. Der von einer Stelle zur andern hüpfende Lichtpunkt erweckte hier, auf dem einsamen, dunklen Felde, den Eindruck, als ob Leuchtkäfer hin- und herschwirrten. Jetzt trat der Mörder an den Leichnam seines Opfers heran. Dem Lauscher war es, als ob er Stöhnen vernahm. Quälten den hartgesottenen Verbrecher Gewissensbisse? Aber Feldau musste sich wohl geirrt haben, denn im nächsten Moment vernahm er die Stimme des Mörders, der zweimal, mit deutlich erkennbarem Hass, die Verwünschung ausstieß: »Schuft!«

Feldau richtete sich höher empor und in der fieberhaften Spannung, die die interessante, nächtliche Szene in ihm erzeugte, vergaß er für einen Moment die gebotene Vorsicht. Bei seiner lebhaften Bewegung rollte einer der am Rande der Chaussee aufgeschichteten Steine in den Graben. Sogleich fuhr Spangenberg in die Höhe. Das Licht der Taschenlaterne verschwand plötzlich und eine merklich zitternde Stimme rief nach der Chaussee hin: »Wer ist da?«

Feldau verhielt sich natürlich mäuschenstill und biss sich, ärgerlich über sich selbst, auf die Lippen; in peinlicher Spannung erwartete er das Weitere.

Spangenberg machte ein paar hastige Schritte in der Richtung der Chaussee, blieb etwa zwanzig Schritte vom Graben stehen und ließ seine Stimme, diesmal fester und energischer, ertönen:

»Ist da jemand?«

Feldau verharrte lautlos, die Lippen entschlossen aufeinander gepresst, die Augen auf die dunklen Umrisse der straff emporgereckten Gestalt des Verbrechers gerichtet, in der Hand den rasch aus der Tasche gezogenen Revolver. Er wusste wohl, dass, wenn der Mörder ihn entdeckte, es zu einem Kampf auf Tod und Leben kommen würde.

Spangenberg stand eine Minute wie ein Gebild aus Stein und lauschte angestrengt, dann ließ er einen unartikulierten Laut hören, drehte sich um und verschwand eilig in die Dunkelheit des Feldes.

Feldau wartete noch eine Weile, und erst, als die Schritte des davoneilenden Verbrechers verklungen waren, richtete er sich aufatmend in die Höhe, streckte die schmerzenden Glieder und machte sich auf den Heimweg.

Vierzehntes Kapitel.

Wie Spangenberg die falschen Scheine erhält

Es war in der siebenten Abendstunde an einem der nächsten Tage.

Spangenberg saß neben seiner Geliebten im behaglichen Zimmer ihrer Wohnung in der Albertstraße. Sie saßen nebeneinander auf dem eleganten modernen Diwan. Elise Merten hatte die Rechte des Geliebten mit ihren beiden Händen umspannt, aber Spangenbergs Finger ruhten schlaff, regungslos zwischen den ihren; sein gelbliches Gesicht war blasser als gewöhnlich und dem Boden zugekehrt; seine Augen starrten finster zu Boden; von Zeit zu Zeit lief ein Zucken über seine markierten Züge, und seine Brust hob sich schwer unter den tiefen, unruhigen Atemzügen. Mit plötzlichem Ruck hob er seinen Blick und schrak leise zusammen.

»Was hast du, Franz?«, fragte die Blondine.

»Kommt da nicht jemand?«

»Aber es ist doch nur Mutter –« beschied sie, kopfschüttelnd in seine gespannten, verstörten Mienen schauend.

»Was ist dir nur, Franz? Seit ein paar Tagen bist du so eigentümlich.«

Er seufzte leise und strich sich mit der zuckenden Hand über das Gesicht, das noch immer seinen unsteten, ängstlichen Ausdruck zeigte. Er schmiegte sich dicht an die neben ihm Sitzende und mit nervöser Erregtheit stieß er hervor:

»Ich fühle mich nicht mehr sicher, der Boden brennt mir unter den Füßen. Am liebsten möchte ich fliehen noch heute.«

Er sprang auf, trat an das Fenster, und durch den Store blickte er mit ruhelos spähenden Blicken auf die Straße hinab.

»Aber ist denn etwas geschehen?«, fragte das junge Mädchen und trat an die Seite des Geliebten.

Er sah noch eine Weile angestrengt durch die Fensterscheibe, durch den Store verdeckt. Dann ließ er, einer plötzlichen Eingebung folgend, und argwöhnisch auf die Fenster der gegenüberliegenden Häuser blickend, hastig die Wetterjalousie herab. Erst jetzt kehrte er sich zu der hinter ihm Stehenden um und beantwortete ihre Frage.

»Geschehen? Allerlei und doch nichts Besonderes. Aber ich habe das Gefühl, dass man mich beobachtet, mir nachspioniert, dass man sich an meine Fersen heftet. Ich bin überzeugt, dass jemand da draußen –« er deutete nach dem Fenster – »steht und auf mich wartet.«

Elise Merten erschrak und fasste mit einer instinktiven Bewegung nach der Hand des Geliebten.

»Nein, nein, Franz, das bildest du dir nur ein. Oder –« sie sah ihn ängstlich forschend in das vor innerer Bewegung lebhaft vibrierende Gesicht – »hast du bestimmte Anzeichen? Weißt du etwas? Sage mir doch alles!«

Er nagte mit den Zähnen an der Unterlippe, starrte eine Weile sinnend zu Boden und hob den Blick wieder zu der erwartungsvoll neben ihm Stehenden.

»Ich sagte schon –« stieß er aufgeregt hervor, »es ist allerlei geschehen. Es scheint, als ob man mit allerlei Listen und unter allerlei Verkleidungen an mich heran will. Ein Fremder hat sich durch einen Bäcker Eingang in die Wohnung meines Schwagers zu verschaffen gewusst. Ich habe den Fehler begangen, meine Nervosität zu zeigen und Bratz zu veranlassen, dem Fremden die weiteren Besuche der Spielabende zu verbieten. Das war dumm. Ein andermal wieder kam ein Dienstmann, der durchaus in mein Zimmer wollte. Natürlich ließ ich ihn nicht ein ...«

»Was wollte er denn von dir?«, fragte sie voll Spannung.

»Ach« – ein Hauch von Ärger und Verlegenheit flog über sein Gesicht – »er brachte mir ein rosa Briefchen, eine Einladung zum Rendezvous von einer unbekannten Dame.«

»Und du bist gegangen?«

Die Blicke des jungen Mädchens richteten sich in unverkennbarer Eifersucht auf den Geliebten.

Er schüttelte mit dem Kopf und leugnete: »Natürlich nicht.«

Im Stillen aber legte er sich die unruhevolle Frage vor, warum die unbekannte Schöne auf der Kaiserpromenade mitten im anregenden Gespräch plötzlich ausgekniffen war, und nie wieder etwas von sich hatte hören lassen.

»Die Sache ist jedenfalls verdächtig«, fuhr er laut fort. »Ich bin jetzt hinterher überzeugt, dass hinter dieser Einladung etwas anderes steckte, dass man mich ausholen, dass man mir eine Detektivin auf den Hals hetzen wollte.«

Elise Merten versuchte, mit einem zweifelnden Lächeln den Aufgeregten zu beruhigen.

»Aber so etwas gibt es ja gar nicht bei uns, Franz.«

»Wenn es bis dahin keine Detektivinnen bei uns gegeben hat, so können sie doch inzwischen eingeführt sein.«

Sie lächelte wieder und zog ihn mit sich zum Sofa zurück.

»Du siehst Gespenster, warum sollte die Polizei denn auf einmal gegen dich Verdacht geschöpft haben?«

»Weil Kaumanns Leute einer nach dem andern aufgehoben worden sind. Es wird immer schwerer, die Scheine abzusetzen. Die Polente Polizei. ist uns auf der Spur.«

»Aber Kaumann selber befindet sich doch noch auf freiem Fuß, ein Beweis, dass sie noch keinen Verdacht gegen ihn haben.«

Doch Spangenberg schüttelte hartnäckig mit dem Kopf.

»Das ist noch kein Beweis. Sie lassen ihn frei herumlaufen, um besser beobachten und durch ihn an mich herankommen zu können.«

Der Sprechende seufzte wieder und der Schatten auf seinem Gesicht wurde noch dunkler.

»Ja, wenn Weigand nicht wäre! Das ist der Einzige von den Geheimen, den ich fürchte.«

Er blickte wieder starr zu Boden; in seinen Zügen zuckte und wühlte es; eine tiefe Melancholie und Mutlosigkeit prägte sich in seinen Mienen aus.

Elise Merten betrachtete den Geliebten, dessen sonst so straffe, hohe Gestalt ganz in sich zusammengesunken dasaß, und dessen Gesicht ganz den ihm sonst eigenen Ausdruck von Energie und Kühnheit verloren hatte, sorgenvoll. Jetzt fasste sie wieder die Hand des in stummer Versunkenheit neben ihr Sitzenden, streichelte sie zärtlich und sagte: »Mit dir ist was vorgegangen, Franz. Sage mir doch, was es ist! Hast du denn kein Vertrauen mehr zu mir? Ich sehe es dir doch ganz deutlich an, dass dir was Schweres auf dem Herzen liegt.«

Sie beugte sich wieder vor und sah dem Geliebten aus nächster Nähe forschend in die unstet flirrenden Augen.

Spangenberg aber, den die dringliche Frage und die spähenden Blicke sichtlich nervös machten, fuhr ärgerlich, heftig auf.

»Unsinn! Was soll ich denn haben? Nichts! Es ist nur wegen der falschen Scheine. Was denn sonst?«

Er sah sie fast zornig an. Elise Merten aber liebkoste seine Hand noch zärtlicher und bemühte sich wieder, ihn zu beruhigen.

»Nun! Ich glaube dir ja. Aber wenn du meinst, dass die Sache mit den Fünfmarkscheinen gefährlich zu werden anfängt, dann gib es doch auf! Du weißt, dass es dir auch ohnedies an nichts fehlen wird, wir könnten so ruhig und glücklich leben!«

Aber er schüttelte heftig mit dem Kopf.

»Nein, nein, ich muss fort.« Er sprang auf und rannte ruhelos in dem Zimmer auf und ab.

»Ich habe hier keine Ruhe mehr. Ich sagte dir schon, am liebsten möchte ich noch heute reisen – nach England, oder am liebsten nach Amerika.«

Er blieb stehen und reckte sich und seine Brust hob sich unter einem tiefen Atemzug.

»Dann könnte man doch wieder einmal frei aufatmen und ruhig schlafen.«

Elise Merten hob die ineinandergeschlungenen Hände empor und erwiderte klagend: »Aber es geht doch jetzt nicht, Franz! Mutter ist doch wieder so kränklich. Sie kann sich doch nur mühsam von einem Zimmer ins andere schleppen und hat seit vier Wochen die Wohnung nicht mehr verlassen. Soll ich sie hilflos allein lassen?«

Spangenberg, der seine Wanderung durch das Zimmer wieder aufgenommen hatte, stöhnte.

»Und dann«, fuhr das junge Mädchen fort, »du hattest dir doch vorgenommen, erst zu reisen, wenn wir 10000 Mark zusammen hätten. Ich habe erst 2000 sparen können. Und wie viel hast du zurückgelegt?«

»Ziemlich 3000 Mark.«

»Also fehlt uns noch die volle Hälfte.«

»Schadet nicht! Lieber mit 5000 fliehen, als sich hier festnehmen zu lassen und – vielleicht überhaupt nie wieder herauszukommen.«

»Nie wieder?« Elise Merten lachte. »Da kann man doch sehen, wie du übertreibst. Ja, Franz, ich bin überzeugt, dass du dir das alles nur einbildest, dass man dich im Verdacht hätte, und dass du beobachtest würdest. Du hast schon seit einiger Zeit über deinen Magen geklagt. Daher deine Verstimmung, deine Gespensterseherei. Wenn du erst wieder ganz wohl bist, wird auch deine Stimmung wieder besser werden und dein alter Mut und deine Zuversicht zurückkehren.«

Sie winkte ihn, ermutigend lächelnd, zu sich; er folgte und setzte sich wieder neben sie. Das kluge, gewandte Mädchen begann von etwas anderem zu sprechen, von einem Theaterstück, das sie gesehen, von einer neuen Bar, die sie besucht hatte, und sie hatte die Genugtuung, zu sehen, wie sich allmählich sein Gesicht erhellte und wie sein Interesse sich immer mehr an ihren Schilderungen anfachte.

»Weißt du, die Bar müssen wir einmal zusammen besuchen, Franz! Willst du?«

Er nickte.

»Meinetwegen! Vielleicht hast du recht; vielleicht bilde ich mir das alles nur ein. Jawohl, die Bar besuchen wir. Man muss mehr ausgehen, sich mehr amüsieren, damit man die verdammten Grillen ver–«

Er hatte noch nicht ausgesprochen, als plötzlich das grelle Geläut der elektrischen Flurklingel ertönte. Wieder schrak Spangenberg hastig zusammen, wieder richteten sich seine Augen voll Unruhe und Angst nach der Tür, dann warf er einen Blick um sich, als suche er ein Versteck, um sich zu verbergen.

Schon hatte sich Elise Merten, nach der Stutzuhr auf der Konsole hinüberschauend, erhoben.

»Halb acht! Das ist Mariechen Saaler.«

Sie eilte in den Korridor, während Spangenbergs Blicke voll martervoller Spannung, wie gebannt, an der Tür hingen. Aber schon im nächsten Moment hörte er eine wohlbekannte, helle, freundliche Frauenstimme. Er atmete auf. Mit einem Satz war er vor dem Spiegel, strich über das Haar, zupfte an der Krawatte und mit einem liebenswürdigen Lächeln kehrte er sich nach der öffnenden Tür um. Er blickte nicht wenig erstaunt, als ein junger Mann mit frischem, rotem Gesicht und schelmisch, ein wenig herausfordernd blitzenden, dunklen Augen über die Schwelle trat. Aber schon im nächsten Moment strahlte seine Miene auf und ein Ausdruck lebhafter Bewunderung malte sich in ihnen.

»Famos! Reizend!« rief er, und eilte auf den bei der Tür stehen bleibenden jungen Burschen zu: »Nein, wie prächtig Sie aussehen, Frau Mariechen! Lassen Sie sich doch einmal genauer betrachten!«

Frau Saaler trat mit gut gespielter Forschheit ein paar Schritte weiter in das Zimmer hinein, während Spangenberg um sie herumging, um sie von allen Seiten in Augenschein zu nehmen. In der Tat, der kecke runde Hut, der kurze Überzieher, die straff sitzenden Beinkleider machten die Erscheinung zu einer reizvollen und gaben der 30jährigen Frau das Aussehen eines kaum 20jährigen jungen Burschen.

»Gefalle ich Ihnen so?«, fragte sie mit einem koketten Aufwerfen ihrer Lippen.

Spangenberg nickte begeistert und sein begehrlicher Blick glitt über die zierliche und doch volle Gestalt hin.

»Einfach zum Küssen!«

»Du!«

Elise Merten drohte mit scherzhafter Geste, aber in den Mienen ihres hübschen Gesichts verriet sich deutlich die Eifersucht, die die Bewunderung, die ihr Geliebter der Anderen in so lebhafter; ungeheuchelter Weise darbrachte, in ihr erregte. Dann wandte sie sich an die junge Frau: »Haben Sie nicht Furcht, dass man die Maskerade durchschaut?«

In dem Ton ihrer Stimme drückten sich Missbilligung und Ärger aus. Die Augen der jungen Frau strahlten noch immer das Vergnügen aus, das ihr die Kostümierung und die Bewunderung Spangenbergs bereiteten.

»Er will doch –«, entschuldigte sie sich, »dass ich mich unkenntlich mache. Überhaupt, er wird alle Tage ängstlicher. Er selbst traut sich kaum noch auf die Straße und sieht schon ganz stubenblass aus.«

Die Sprechende trat vor den Spiegel zwischen den Fenstern und betrachtete sich wohlgefällig.

»Meinen Sie denn, dass ich mich so nicht sehen lassen kann?«

Um Elise Mertens Lippen zuckte noch immer der Unwille.

»Ich würde mich nicht so auf die Straße getrauen.«

»Am Tage ja, aber abends!«, wandte die Andere ein. Man huscht rasch durch die Straße; es hat keiner Zeit, einen recht zu betrachten. Ich mag doch nicht immer als alte Frau dahinschleichen, wie das letzte Mal.«

Spangenberg nickte mit voller Überzeugung.

»Da haben Sie recht, Frau Mariechen. Jedenfalls sehen Sie so viel netter aus, und was die Sicherheit betrifft, scheint mir's auch praktischer. Wer achtet denn auf solch einen hübschen, jungen Burschen? Doch nur die Mädchen!«

Er lachte, dann den verweisenden, bösen Blick seiner Geliebten bemerkend, fragte er, rasch ernst werdend: »Also, es geht ihm nicht gut?«

Frau Saaler setzte sich, nachdem ihr Elise Merten mit süßsaurer Miene einen Stuhl hingeschoben hatte. Auch Spangenberg nahm ihr gegenüber Platz; seine Blicke wanderten noch immer, wenn auch mit etwas verstohlener Bewunderung, über die Gestalt des Pseudo-Jünglings, der den Hut abgenommen hatte. Am liebsten hätte er die verkleidete junge Frau genötigt, den Überzieher abzulegen, aber er unterdrückte seinen Wunsch aus Furcht vor der Eifersucht seiner Geliebten.

Frau Saaler gab Antwort: »Er wird alle Tage magerer und blasser. Ich bitte Sie, er gönnt sich ja kaum satt zu essen. Sein einziges Streben ist, zu sparen und jede Mark, die er erübrigt, muss ich auf Ännchens Namen anlegen. Er denkt immer daran, dass sie ihn über kurz oder lang wieder fassen werden. Ihr sollt nicht Not leiden, du und das Kind, sagt er alle Tage zu mir, wenn die Greifer kommen.«

Spangenberg zuckte leise zusammen und auf sein Gesicht senkte sich eine Wolke.

Elise Merten aber entgegnete unwillig: »Wie kommt er denn darauf? Der alte Mann fängt Grillen. Es ist doch kein Grund –«

»Das sage ich ihm auch,« fiel die Saaler lebhaft ein. »Vorsichtiger kann man doch nicht sein, als wir. Ich habe gar keine Angst.«

Sie knöpfte jetzt den Paletot auf. Spangenberg verfolgte jede ihrer Bewegungen mit leuchtenden Blicken. Sie griff in die Innentasche des Paletots und brachte ein in starkes Papier geschlagenes Paket zum Vorschein. Sie löste mit flinken Fingern den Bindfaden, wobei sie die Aufschläge des Paletots und die Schöße offen stehen ließ, sodass sich die Konturen der Büste in der eng anliegenden Jacke verführerisch abzeichneten. Dann breitete sie den Inhalt des Paketes auf dem Tisch am Sofa aus. Es waren lauter frische Fünfmarkscheine, wenn ihnen auch absichtlich der Schein des Gebrauchs gegeben worden war.

»Einhundertfünfzig«, sagte sie, als sie mit dem Aufzählen fertig war.

Spangenberg zählte flüchtig nach und nickte. Dann winkte er seiner Geliebten. Elise Merten erhob sich, und während sie, den Andern den Rücken zukehrend, am Schreibtisch beschäftigt war, sah Spangenberg mit glänzenden Augen zu der hübschen, jungen Frau hinüber und brachte ihr ostentativ durch Blicke, Mienen und Gebärden sein Entzücken zum Ausdruck.

Sie lächelte geschmeichelt und verschämt und zog mit koketter Geste die Paletotschöße zusammen, um sie gleich darauf anscheinend achtlos wieder zurückfallen zu lassen.

Als Elise Merten zum Tisch zurückkehrte, blickten ihr beide mit geschäftsmäßig ernstem Gesicht entgegen.

Es waren ein paar Hundert Mark, die Spangenbergs Geliebte in Fünfzig-, Zwanzig- und Zehnmark-Kassenscheinen und in Gold auf den Tisch zählte. Frau Saaler rechnete nach und schob dann das Ganze in ihre Paletottasche.

»Was hat man nun davon?«, seufzte sie schwermütig. »Da hockt man den ganzen Tag bei dem alten Mann, sieht ihm zu und hilft so gut man kann, vom frühen Morgen bis zum späten Abend. Und von all dem Schönen, das andere erfreut, hat man nichts, rein gar nichts. Wie auf einer Insel leben wir drei.«

»Geht er denn gar nicht mit Ihnen gelegentlich ein bisschen aus?«, fragte Elise Merten.

Sie wehrte mit einer Geste gespielten Entsetzens ab.

»Um keinen Preis! Ich sagte Ihnen ja schon er wagt sich nicht heraus. Wie die Fledermäuse lebt er. Nur des Nachts schlüpft er mal auf ein halbes Stündchen hinaus, um ein bisschen frische Luft zu schnappen.«

»Und Sie, Ärmste?« forschte Spangenberg.

Sie zuckte resigniert mit den Schultern.

»Ich niste, wie er, im Nest. Wo soll ich auch allein hin? Aber selbst wenn ich mir mal ein Vergnügen gönnen möchte, er leidet's nicht. Ich denke immer, du kommst nicht wieder, sagt er. Und was sollten Anna und ich ohne dich anfangen?«

Die Sprechende schlang die auf ihren runden Knien ruhenden Hände mit einer verzweiflungsvollen Gebärde ineinander, seufzte tief und klagte: »Es ist zum Schwermütigwerden!«

Und dann mit einem raschen, verstohlenen Blick zu Spangenberg hin: »Die Gänge zu Ihnen, Fräulein Lieschen, sind die einzige Abwechslung, die ich habe.«

»Er ist wohl sehr unwirsch und verdrießlich!«, fragte das junge Mädchen.

»Ach nein, das kann ich eigentlich nicht sagen, nur sehr ernst und melancholisch. Sonst aber ist er die gute Stunde selbst, gegen mich und gegen Ännchen. Die Kleine hat er überhaupt in sein Herz geschlossen. Mein Gott, was wär' wohl aus uns geworden ohne ihn? Ich war schon der Verzweiflung nahe – ich bitte Sie, als Witwe mit einem Kind, ohne einen Pfennig Geld und keine Pension, rein nichts, und die Verwandten hatten sich alle losgesagt von uns wegen – na, das wissen Sie ja – da kam er eines Tages als Retter in der Not. Ich wusste nicht mehr ein und aus – und war froh, dass er sich unser annahm.«

»Er war mit Ihrem Manne befreundet?«, fragte Elise Merten.

Frau Saaler nickte.

»Im Lazarett haben sie sich kennengelernt. Als es mit meinem Mann zu Ende ging, hat er ihm versprochen, dass er nach uns sehen werde. Er hat sein Versprechen gehalten. Das muss man sagen: Wie ein Vater handelt er an mir und Ännchen.«

Die kleine Stutzuhr verkündete mit hellem, metallischem Klang die achte Stunde. Die kleine Frau Saaler sprang auf.

»Aber haben Sie's denn so eilig?«, fragte Spangenberg mit ehrlichem Bedauern.

Sie nickte kräftig.

»Er hat ja keine Ruhe, bis ich wieder da bin. Die ganze Zeit über geht er ruhelos zwischen Fenster und Tür hin und her und lauscht auf jedes Geräusch auf der Treppe. Ännchen hat mir's erzählt.«

Sie reichte zuerst Elise Merten, dann Spangenberg die Hand. Er fühlte deutlich den Gegendruck ihrer Finger, während er ihre Hand fest in der seinen hielt. Als sie schon den Korridor verlassen und den Treppenflur betreten hatte, schien ihm plötzlich etwas einzufallen.

»Herrgott, ich habe ja ganz vergessen –«

In größter Eile stürzte er ihr nach. Sie war schon im Begriff, die Treppe hinunterzusteigen. Rasch trat er an sie heran; nach scheuem Blick auf die Korridortür, die er ins Schloss geworfen hatte, flüsterte er: »Morgen Abend, 7 Uhr, vorm Weinrestaurant Haenel, Wilhelmstraße.«

Sie tat sehr überrascht und bestürzt: »Aber, Herr Spangenberg!«

Er zwinkerte ihr lächelnd, verführerisch zu.

»Ein bisschen soupieren? Sekt? Haben Sie Lust?«

Sie strahlte bei seinen Worten über das ganze Gesicht.

»Aber was soll ich ihm denn sagen?«

Da wurde die Korridortür mit hastigem Ruck aufgerissen und Elise Mertens von Eifersucht vibrierendes Gesicht erschien im Türspalt.

»Also bitte, bestellen Sie ihm das!«, sagte Spangenberg laut, und wandte sich dann, während der Pseudo-Bursche schnell die Stufen hinabsprang, der Geliebten zu. Er zog sie mit sich in den Korridor hinein, und nachdem er die Tür hinter sich geschlossen hatte, erklärte er: »Ich hätte beinahe das Wichtigste vergessen: Wie weit er mit den Fünfundzwanzigrubel-Noten ist.«

Sie sah den Geliebten, als sie in das Zimmer zurückgekehrt waren, durchdringend an.

»Wenn du mich betrügen würdest, Franz, ich könnte es nicht ertragen.«

Er lachte und strich ihr beschwichtigend über das erregt zuckende Gesicht.

»Du bist ein Dummchen mit deiner kindischen Eifersucht. Ich darf wirklich mit keinem weiblichen Wesen mehr sprechen, weißt du denn nicht, dass ich nur dich allein liebe, mein einziger, süßer Schatz!«

Er küsste sie und sie erwiderte seine Küsse mit leidenschaftlicher Zärtlichkeit.

Fünfzehntes Kapitel.

Die Katastrophe bricht herein

Feldau hatte sich wieder einmal an Spangenbergs Fersen geheftet. Nun beobachtete er vom Hausflur des gegenüberliegenden Hauses aus, wie der Verbrecher vor dem Eingang zu den Haenelschen Weinstuben auf- und abschritt, augenscheinlich in der Erwartung irgendeiner Persönlichkeit, mit der er sich verabredet haben mochte. Der Polizeiagent ahnte ganz richtig, dass es sich wieder um eines der galanten Abenteuer handelte, mit denen Spangenberg seinem Leben eine besondere Würze zu geben bemüht war. Dass er aber auch jetzt noch Sinn für diese Art von Zerstreuungen hatte, wunderte den jungen Mann und jagte ihm einen aus Bewunderung und Grauen gemischten Schauer durch den Leib. Aber vielleicht war gerade das letzte große Verbrechen, mit dem Spangenberg sein Gewissen belastet hatte, die Ursache, dass er im Taumel des Genusses Betäubung suchte.

Eine Viertelstunde mochte vergangen sein, als Feldau eine Dame aus einem der unweit seines Lauscherpostens anhaltenden Straßenbahnwagen steigen sah. Das Gesicht fiel ihm auf. Wo hatte er dieses frische, freundliche Gesicht mit den dunklen Augen und dem schwarzen Haar schon einmal gesehen?

Der Anblick Spangenbergs, der der aussteigenden Dame entgegeneilte, brachte ihn auf die richtige Fährte. Er hatte die Unbekannte vor Monaten etwa zwei- oder dreimal in das Haus der Albertstraße hinein- und herauskommen sehen, in dem Elise Merten wohnte. Während der letzten Wochen war sie ihm nicht mehr begegnet.

Wahrscheinlich eine Freundin von Spangenbergs Geliebten, die den Don Juan in ihre Netze gezogen hatte! Der Polizeiagent sah, wie die beiden sich begrüßten und sich Arm in Arm in das Weinrestaurant begaben.

Feldau überlegte. War das nicht eine Gelegenheit, von Spangenbergs Geliebten, die doch sicherlich in das Falschmünzergeheimnis eingeweiht war, etwas herauszubringen? Sicherlich war es die einzige Gelegenheit, Elise Merten, an die nicht heranzukommen war, und die den Geliebten bei ruhiger Überlegung niemals preisgeben würde, zum Sprechen zu bringen. Gewiss war sie, wie alle Mädchen ihrer Art, ebenso leidenschaftlich wie eifersüchtig veranlagt. Ihre Liebe zu Spangenberg schien den Inhalt ihres Lebens auszumachen, und gewiss war sie nirgends so verwundbar, wie in diesem Punkt.

Feldau eilte, ohne weitere Zeit mit Grübeln zu verlieren, nach dem nächsten Postamt und gab an die Adresse Elise Mertens eine Depesche mit den wenigen Worten auf: »Spangenberg mit Ihrer Freundin im *Chambre séparée* Haenel, Wilhelmstraße.« Darauf telefonierte er nach dem Polizeipräsidium und bat, ihm zwei Beamte der Kriminalpolizei zur Unterstützung zu senden. Danach kehrte er, sehr befriedigt und in spannender Erwartung des kommenden, auf seinen Platz zurück. Eine halbe Stunde darauf trafen die beiden Kollegen ein, er berichtete kurz das Erforderliche und sie nahmen in der Nähe der Haenelschen Weinhandlung, natürlich in einiger Entfernung voneinander, Aufstellung.

Eine weitere Stunde war ungefähr vergangen, als ein Automobil vorfuhr.

Feldau hatte sich unmittelbar am Eingang aufgestellt. Er erkannte die blonde Elise Merten auf den ersten Blick. Er bemerkte auch, dass sie sich in größter Aufregung befand, die jede ruhige Überlegung und jede Vorsicht ausschloss und nur den einen Gedanken an den ungeheuerlichen Verrat zuließ, der an ihr begangen worden war.

Das junge Mädchen stürmte auf den Eingang zu; Feldau gab seinen beiden Kollegen ein Zeichen. Er selbst folgte der Aufgeregten. Elise Merten schien hier Bescheid zu wissen; sie durcheilte den Vorderraum, in dem wenige Gäste saßen, die keine Notiz von der Eintretenden nahmen, und näherte sich dem für die *Chambres séparées* reservierten Teil des Restaurants. Sie riss die erste Tür auf, trat zurück, schloss sie wieder und öffnete die zweite Tür. Ein Kellner eilte hinzu, während Feldau zur Seite stand. Noch bevor es die Kellner, die erst jetzt auf das sonderbare Gebaren der Erregten herzueilten, es hindern konnten, war sie in den kleinen Raum getreten, in dem Spangenberg mit Frau Saaler, dicht aneinander geschmiegt, auf dem Sofa saßen und eben mit den Sektgläsern anstießen. Ihre angeregten, fröhlichen Mienen, ihre vor Lust und Heiterkeit sprühenden Augen veränderten sich im Nu und starrten entsetzt die ungestüm Hereinstürmende an.

»Schuft! Verräter!« knirschte sie, dicht vor den überrascht, erschreckt aufspringenden Geliebten tretend. Dann wandte sie sich an die junge Frau, die ebenfalls, bleich vor Entsetzen, am ganzen Körper zitternd, aufgesprungen war.

»Schlange!« zischelte sie ihr unmittelbar ins Gesicht, außer sich vor Wut und Hass. »Infame Schlange!«

Da packte einer der Kellner sie am Arm und zog sie zurück.

»Aber, meine Dame!«

Doch der Zorn schien der Wütenden Riesenkräfte zu verleihen; mit einem Ruck machte sie sich frei; mit ihrer Rechten fuhr sie der schreiend zurücktaumelnden Nebenbuhlerin ins Gesicht, sodass ein blutender Riss vom Mund fast bis zum Auge entstand. Da riss Spangenberg, der seinen ersten Schreck überwunden hatte, sie zurück und schüttelte sie heftig.

»Was fällt dir ein! Schämst du dich nicht?«

Aber da kam er übel an. Die Wut der Enttäuschten, in ihren tiefsten Gefühlen Verletzten, fachte sich zum Paroxismus an.

»Schämen – ich? Das sagst du mir, du Verräter, Verbrecher du! Jawohl –« sie drehte sich zu den Kellnern und dem herbeieilenden Geschäftsführer um, der laut nach einem Schutzmann rief, und deutete mit ausgestreckter Hand auf Spangenberg, der sich jäh verfärbte und zusammenzuckend, wie erstarrt, dastand.

»Jawohl, holen Sie einen Schutzmann, lassen Sie ihn verhaften, und die da, die Gehilfin des Falschmünzers, die ihm die falschen Banknoten zuträgt!«

»Ah!«

Feldau ließ sich diesen halblauten Ausruf entschlüpfen, und er beglückwünschte sich im Stillen zu dem guten Einfall, dem er diese aufklärende Szene verdankte.

Genau, wie er vorausberechnet, hat die betrogene Geliebte Spangenbergs gehandelt. Ihre zornige Eifersucht hatte sie hingerissen, den Geliebten und den neuen Gegenstand seiner Treulosigkeit preiszugeben. Nun endlich, endlich würde man an den Herd des Münzverbrechens gelangen.

Er winkte den beiden Kriminalbeamten, die ihm nach der vorher getroffenen Verabredung in das Restaurant gefolgt waren und nun hinter ihm standen. Der eine von ihnen trat an den Geschäftsführer heran, legitimierte sich und klärte ihn mit ein paar Worten auf.

Spangenberg hatte inzwischen seine volle Fassung wiedergefunden. Mit großer Geistesgegenwart suchte er sich aus der gefährlichen Situation mit guter Manier herauszuziehen. Mit überlegenem, nachsichtigem Lächeln, sagte er: »Sie müssen schon entschuldigen, Herr Geschäftsführer, meine eifersüchtige Frau spielt mir wieder einmal eine Szene ... Kellner, die Rechnung!«

Während der betreffende Kellner mit dem Teller, auf dem er schon die Rechnung bereitgehalten, herbeieilte, trat Feldau an den Verbrecher heran:

»Spielen Sie uns hier keine Komödie vor, Spangenberg! Wir sind Ihnen schon lange auf der Spur. Kommen Sie!«

Er wollte dem Zurückweichenden Fesseln anlegen, aber Spangenberg protestierte mit gutgespielter Entrüstung.

»Wer sind Sie? Was wollen Sie? Ich kenne keinen Spangenberg.«

»Das werden wir auf dem Polizeipräsidium sehen«, erwiderte der Polizeiagent ruhig und bestimmt.

Spangenberg sah sich mit wilden Blicken um, als suche er einen Ausweg zur Flucht, aber der einzige Ausweg wurde von dem Geschäftsführer, den Kellnern und einer Anzahl Gäste, die der Lärm herbeigelockt hatte, verstellt. So ergab er sich denn mit bewundernswerter Fassung in sein Schicksal.

»Ihr Irrtum wird sich allerdings auf dem Präsidium herausstellen«, sagte er, äußerlich völlig ruhig.

Erst als er, nachdem ihm schnell die Handfesseln angelegt waren, an seiner Geliebten vorbeischritt, rief er ihr mit grimmigem Hohn zu: »Das hast du gut gemacht, Elise!«

Mit der Angeredeten ging eine sichtbare Veränderung vor. Ihre Erregtheit machte einer grenzenlosen Ernüchterung Platz; die Spannung in ihren Mienen wich; sie erkannte, was sie angerichtet halte, und ein krampfhaftes Schluchzen brach aus ihrer ringenden Brust herauf.

»Kommen Sie!«, forderte sie einer der Kriminalschutzleute auf.

Ohne Widerspruch ließ sie sich hinwegführen; auf der anderen Seite des Schutzmanns ging Frau Saaler, wie betäubt, mit wirren Blicken um sich schauend. Der Abstieg von ausgelassener Lebenslust zur tiefsten Stufe menschlichen Elends war zu jäh, zu unvermittelt erfolgt. Eben noch bei Austern und Sekt, an der Seite eines vor Bewunderung glühenden Verehrers, jetzt auf dem Wege zum Gefängnis. Wie im Traume gelangte sie auf die Straße und in eine der beiden Autodroschken, die ein uniformierter Schutzmann auf das Geheiß seiner Kollegen von der Geheimpolizei herbeigerufen hatte. Hier musste sie neben einem der beiden Schutzleute Platz nehmen, während Elise Merten in demselben Gefährt auf dem Rücksitz saß. In der zweiten Droschke fuhr Spangenberg, von Feldau und dem andern Kriminalschutzmann bewacht.

Kommissar Weigand, der inzwischen von dem Vorgefallenen verständigt worden war, stellte das erste Verhör mit dem Arrestanten an.

Spangenberg gab seine Antworten auf die ihm gestellten Fragen kurz, anscheinend ruhig und seiner Sache sicher. Er sei allerdings Spangenberg, habe aber mit irgendeiner Falschmünzersache nicht das Geringste zu schaffen. Er wohne bei seinem Schwager Bratz und lebe von den Unterstützungen, die er einer ihm befreundeten, wohlhabenden Dame verdanke. Seine Wohltäterin zu nennen, müsse er selbstverständlich ablehnen.

Vergebens war alles Zureden Weigands, sich durch ein offenes Geständnis eine mildere Behandlung zu sichern; bei dem abgehärteten, erfahrenen Zuchthäusler verfingen diese Versprechungen nicht im geringsten. Umsonst war es auch, dass der Kommissar die List anwendete, sich wohl informiert zu stellen und zu erklären, von seiner – Spangenbergs – Verbindung mit Lomnitz bereits die Beweise in der Hand zu haben.

Spangenberg lächelte nur ironisch.

»Wenn Sie schon alles wissen, Herr Kommissar, brauche ich Ihnen ja nichts zu sagen.«

Da hielt es der Kommissar an der Zeit, mit schwererem Geschütz anzurücken. Er neigte sich auf seinem Stuhl dem vor ihm Stehenden entgegen, lächelte anscheinend ganz unbefangen und zeigte eine arglose Miene, während er in gemütlichem Tone plötzlich die Frage stellte: »Sagen Sie mal, Spangenberg, was macht denn Ihr Freund Kerner?«

Dem scharf beobachtenden Kriminalbeamten entging nicht, dass der Verbrecher leise zusammenzuckte und um einen Schatten blasser wurde, und dass sich in seinen Augen im ersten Moment starres Entsetzen malte. Aber diese Anwandlung der Schwäche und Fassungslosigkeit währte nur eine kurze halbe Sekunde, dann hatte sich der gewandte, den schwersten Situationen gewachsene Mensch wieder in voller Gewalt.

Auch er lächelte und entgegnete in gemütlichem Scherzton: »Danke für gütige Nachfrage, Herr Kommissar, ich erinnere mich allerdings dunkel, dass ich einen Kerner einmal, als ich noch Staatspensionär war, kennengelernt habe. Was seitdem aus ihm geworden ist, kann ich Ihnen, so leid es mir tut, leider nicht verraten.«

»Also Sie haben den Kerner seit Ihrer gemeinsamen Zuchthaushaft nicht wieder gesehen?«

»Nein, Herr Kommissar.«

Kommissar Weigand steckte eine triumphierende Miene auf.

»Das war sehr dumm von Ihnen, Spangenberg. Sie leugnen den Verkehr mit Kerner, den ich Ihnen doch nachzuweisen imstande bin. Durch Ihr unüberlegtes Lügen machen Sie sich ja doch erst recht verdächtig.«

Der Verbrecher zuckte gelassen mit den Achseln.

»Wenn Sie das beweisen können, dann können Sie mehr als Brot essen, Herr Kommissar.«

Der Kommissar nickte, immer mit derselben lächelnden Überlegenheit.

»Das kann ich, mein lieber Spangenberg. Ich kann sogar beweisen –« er beugte sich wieder weit vor und sah den Verbrecher mit niederschmetternden Blicken an, während er ihm mit fester, lauter Stimme zurief: »Ich kann beweisen, dass Sie Kerner in der Nacht vom Montag zum Dienstag auf dem Felde nahe der Königs-Chaussee erstochen haben.«

Wieder verfärbte sich Spangenberg für einen kurzen Moment, wieder zuckte es in seinen Augen; dann schluckte er und griff mit zwei Fingern seiner Rechten in den tadellos weißen Stehkragen. Endlich stieß er mit finsterem Gesicht, in einem Anfall von Ärger und Zorn hervor:

»Wenn Sie keine gelungeneren Scherze machen können, Herr Kommissar, dann ist es besser, wir beenden das Verhör und legen uns schlafen.«

Aber der Kommissar erwiderte lachend: »Nein, mein Lieber, in dieser Nacht werden Sie kaum zum schlafen kommen. Sie alter Fuchs, diesmal sind doch ins Eisen gegangen. Im Morden sind Sie eben noch ein Neuling, da hat Sie Ihre sonstige Vorsicht und Ruhe ganz im Stich gelassen.«

Spangenberg zuckte, äußerlich gelassen, mit den Schultern, als hielte er es nicht der Mühe für wert, auf eine so ungeheuerliche und haltlose Beschuldigung zu erwidern.

»Bei der ungewohnten Beschäftigung«, fuhr der Kommissar mit beißender Ironie fort, »haben Sie alle Kaltblütigkeit verloren, wie ein Anfänger. Sie haben in der Aufregung Ihren schönen Dolch bei Ihrem Opfer liegen lassen und haben Ihre kostbare Krawattennadel mit dem Rubinherz verloren. Das hätte Ihnen nicht passieren dürfen, Spangenberg.«

Er weidete sich boshaft an dem Ärger, der dem Verbrecher zu Kopfe stieg. Mit der Faust auf den Tisch schlagend, brauste Spangenberg zornig auf:

»Lassen Sie mich in Ruhe mit Ihrem Unsinn! Ich protestiere gegen diese infame Beschuldigung. Ich habe niemand getötet.«

Weigand aber lächelte überlegen: »Lassen Sie doch die Komödie, Spangenberg! Diesmal hilft's Ihnen doch nicht. Diesmal halten wir Sie fest. Aus dem Zuchthaus kommen Sie lebend nicht mehr heraus!«

Spangenberg hatte seinen Anfall rasch überwunden; er richtete sich in seiner ganzen, stolzen Größe auf und entgegnete wieder gelassen mit höhnischem Lächeln:

»Wenn Sie sich nur nicht irren, Herr Kommissar. So schlau wie Sie und das Gericht sind wir noch allemal.«

Dass dies nicht nur eine Phrase der Verlogenheit oder der Überhebung war, sondern ein Ausfluss berechtigten Selbstvertrauens, erwies sich später ...

Das Verhör der beiden Frauen war noch kürzer als das Spangenbergs. Beide hatten sich während der Fahrt nach dem Polizeipräsidium einigermaßen gefasst und überlegt, wie sie sich am besten zu verhalten hatten.

Elise Merten nahm die gegen Spangenberg und seine Begleiterin ausgesprochene Beschuldigung zurück und erklärte, dass sie dem Treulosen in ihrer Eifersucht und in ihrem furchtbaren Zorn das erste beste Verbrechen, das ihr in den Sinn gekommen, angedichtet habe. Ihr Geliebter habe, soviel sie wisse, keinen Beruf, er habe es auch nicht nötig, denn sie habe ihm die nötigen Mittel zur Verfügung gestellt, um ein behagliches Leben führen zu können.

Vergebens war alles Zureden Weigands, die Wahrheit zu sagen. Man wisse ohnedies, dass Spangenberg mit Lomnitz in Verbindung stehe und dass die Unbekannte die Vermittlerin zwischen Spangenberg und dem Falschmünzer gewesen sei. Nur den Namen der Frau und die Wohnung, die sie mit Lomnitz teile, wisse man noch nicht, und wenn sie – die Merten – über diese beiden Fragen Aufschluss gebe, so könne sie darauf rechnen, straflos davonzukommen.

Elise Merten aber blieb unerschütterlich. Die Weibsperson, in deren Gesellschaft sich Spangenberg befunden habe, kenne sie nicht, und den Namen Lomnitz höre sie in ihrem Leben zum ersten Male.

Ähnlich verlief das Verhör der Saaler. Nach ihrem Namen befragt, erwiderte sie, dass sie Klara Müller heiße, ihre Wohnung aber nicht angeben wolle, damit ihre Familie, vor der sie sich des Rendezvous wegen schäme, nicht in Kenntnis gesetzt werden könne. Den Spangenberg habe sie einmal im Theater kennengelernt, sonst wisse sie nichts von ihm. Ein Mann namens Lomnitz sei ihr nicht bekannt. Mehr war trotz allem guten Zureden und trotz aller Strenge und aller Drohungen nicht herauszubekommen.

Während Kommissar Weigand – denn dass »Klara Müller« nur ein fingierter Name war, daran zweifelte er nicht einen Augenblick – abführen ließ, erklärte er der Merten, dass sie nach Hause gehen könne. Man kenne ja ihren Namen und ihre Adresse, und da sie eine eigene Wohnung habe, liege keine Veranlassung vor, sie in Haft zu behalten.

Das war natürlich nur eine List des Kommissars, denn er hätte wohl gesetzliche Ursache gehabt, die Freundin Spangenbergs, die der Mitschuld dringend verdächtig war, dem Untersuchungsrichter vorführen zu lassen.

Aber er hoffte, schneller sein Ziel zu erreichen, wenn er die Merten freiließ.

Während er sie im Nebenzimmer durch ein paar Formalitäten aufhalten ließ, traf er seine Anordnungen. Zwei Kriminalschutzleute erhielten den Auftrag, die Wohnung der Merten zu beobachten, während er Feldau befahl, der Freundin Spangenbergs für den Fall zu folgen, dass sie sich nicht direkt nach ihrer Wohnung begeben würde.

Kommissar Weigand hatte richtig gerechnet.

Elise Merten bestieg eine der unweit dem Polizeipräsidium haltenden Autodroschken und fuhr zunächst in der Richtung ihrer Wohnung davon. Aber schon nach fünf Minuten Fahrt ließ sie halten, tat, als wenn sie ihre anfängliche Absicht geändert habe, und hieß den Chauffeur wenden und die entgegengesetzte Richtung einschlagen.

Dass Feldau schon vor ihr in der letzten der bei dem Präsidium haltenden Autodroschken Platz genommen und dem Chauffeur den Befehl gegeben hatte, der anderen von dem jungen Mädchen bestiegenen Droschke zu folgen, ahnte sie freilich nicht.

Die Fahrt ging nach dem hohen Norden hinaus. An der Ecke des Goethehains und der Ahlbecker Straße ließ Elise Merten ihr Auto halten.

Feldau beobachtete von seinem Gefährt aus, wie sie in die Ahlbecker Straße einbog. Er ließ seine Droschke an der andern vorüberfahren, beständig die langsam, wie zögernd Voranschreitende im Auge, dann stieg er aus, hieß den Chauffeur warten und folgte der Merten. Alle paar Schritte blieb sie stehen und sah sich ängstlich forschend um. Es schien ihr plötzlich einzufallen, dass sie am Ende doch verfolgt würde. Nun schien sie einen anderen Entschluss gefasst zu haben, sie machte Kehrt und eilte, so rasch sie gehen konnte, nach der Stelle zurück, wo ihre Autodroschke stand.

Feldau, der auf der anderen Straßenseite gegangen war und sie hier überholt hatte, stieß einen unwillkürlichen Fluch aus. Sein Herz hatte schon vor Spannung und Freude geklopft. »Endlich – endlich würde er zu dem Ursprung der Falschmünzerangelegenheit, die ihn nun so viele Monate beschäftigte, gelangen. Er würde den Falschmünzer in seiner Werkstatt bei der Arbeit ertappen und mit einem Schlage das ganze Belastungsmaterial vorfinden. Der Verbrecher und seine Helfer und Helfershelfer würden für eine lange Zeit unschädlich gemacht werden. Dass er als Einzelperson sich vielleicht einer großen Gefahr aussetzte, daran dachte er nicht; er war nur ganz erfüllt von dem Eifer des Jägers, der der Spur eines edlen Wildes folgt.

Und nun war diese stolze Hoffnung getäuscht! In der Mitschuldigen, der der Schlupfwinkel des Falschmünzers offenbar bekannt war, und die sicherlich auf dem Wege zu ihm gewesen, um ihm von der Verhaftung seiner Gehilfin und Spangenbergs Kunde zu bringen, war plötzlich Argwohn und Vorsicht erwacht. Sie hatte eingesehen, dass sie eine große Dummheit zu begehen im Begriff stand. Deshalb war sie rechtzeitig umgekehrt, vielleicht nur wenige Schritte von der Stätte des Verbrechers entfernt.

Es blieb dem Polizeiagenten nun nichts übrig, als eben-falls Kehrt zu machen und zu sehen, was die Verfolgte jetzt beginnen werde. Als das Auto, das sie bestiegen, sich wieder in Bewegung gesetzt hatte, winkte er seinem Chauffeur, und die Jagd begann von Neuem. Die Fahrt ging, wie er mit zunehmendem Ärger und bitterster Ent-täuschung bemerkte, nach der Albertstraße. Die Freun-din Spangenbergs schien die Sache verloren zu geben, oder vielleicht hatte sie sich gesagt, dass es besser sei, erst einige Zeit zu warten oder den Falschmünzer auf anderem Wege zu benachrichtigen.

Feldau ließ sich im schnellsten Tempo nach dem Poli-zeipräsidium zurückfahren, um seinem Vorgesetzten Bericht zu erstatten.

Sechzehntes Kapitel.

In der Falschmünzer-Werkstatt

Mit wachsender Ungeduld hatte Kriminalkommissar Weigand die Rückkehr seines Polizeiagenten erwartet.

Als Feldau eilenden Fußes, mit allen Anzeichen großer, innerer Erregung das Büro betrat, ging er ihm hastig entgegen. Sein Auge heftete sich mit fiebernder Span-nung auf die erregten Mienen des vor ihm Stehenden.

»Nun?«

Feldau berichtete fliegenden Atems. Der Kommissar zeigte nichts weniger als Enttäuschung oder Entmuti-gung; im Gegenteil, seine Augen blitzten vor Genugtu-ung und Entschlossenheit.

»Wir werden ihn kriegen«, rief er, »und wenn wir die ganze Nacht nach ihm suchen sollten.«

Weigand war ganz Eifer und Tatkraft. Mut, Hoffnung und Unternehmungsluft strafften seinen Körper. Unverzüglich traf er seine Maßnahmen. Das eine war ihm sofort klar: Wenn es nicht gelang, den Falschmünzer noch in derselben Nacht zu fassen, so war die Entdeckung seiner Werkstatt wieder in lange Ferne gerückt, denn das Ausbleiben seiner Gehilfin musste ihn im stärksten Maße beunruhigen und zur schleunigen Flucht veranlassen.

Es wurde sofort aufgebrochen; außer Feldau nahm der Kommissar noch acht Kriminalwachtmeister und Schutzleute mit sich. Als man an der Ecke der Albrechtstraße anlangte, war es ½ 10 geworden. Höchste Eile tat not, denn wenn man bis 10 Uhr kein Resultat erzielt hatte, wurde die Sache wesentlich kompliziert, weil dann die Häuser geschlossen wurden. Weigand teilte die acht Schutzleute in vier Trupps. Die Ahlbecker Straße hatte etwa 100 Häuser, lauter große, vierstöckige Mietskasernen. Ungefähr nach dem 20. Hause von der Ecke des Goethehains zweigte sich eine Seitenstraße nach rechts und links ab. Zwei Beamte erhielten den Auftrag, beständig in der Ahlbecker Straße zwischen dieser Seitenstraße und dem Goethehain hin und her zu patrouillieren und jeden, den sie aus einem der Häuser herauskommen sehen würden, genau zu beobachten und im Verdachtsfalle festzunehmen. Zwei patrouillierende, uniformierte Schutzleute, denen man begegnet war, wurden von dem Kommissar informiert und veranlasst, sich zu seiner Disposition in der Nähe aufzuhalten.

Aus den übrigen sechs Kriminalbeamten und dem Kommissar mit Feldau wurden vier Trupps gebildet. Je zwei dieser Trupps hatten die Aufgabe, auf beiden Seiten der Straße die Häuser nach dem Falschmünzer zu durchforschen.

Ein genaues Signalement des Lomnitz wurde jedem Trupp bekannt gegeben. Zwei der Trupps fingen an der Ecke des Goethehains mit den Nachforschungen an, die andern beiden an der Seitenstraße. So mussten sie in der Mitte der Ahlbecker Straße schließlich zusammentreffen.

Sobald einer der Trupps auf die Spur des Gesuchten stoßen würde, sollte einer der beiden Beamten dem Kommissar sofort davon Mitteilung machen, während der andere abwartend verharren sollte, bis Weigand erscheinen würde.

Und nun begann das mühsame Werk. Treppauf, treppab, ging es unermüdlich von Haus zu Haus. So verging Viertelstunde auf Viertelstunde. Die Häuser waren inzwischen geschlossen worden und ein Nachtschließbeamter musste den Beamten die Türen öffnen. Natürlich wurde dadurch die Arbeit erschwert und verlangsamt. Mancher Wirt und Verwalter hatte bereits sein Bett aufgesucht und musste herausgetrommelt werden. Die Beamten begegneten mancher unfreundlichen, ärgerlichen Miene, mussten sich missmutige, vorwurfsvolle, spitze Bemerkungen gefallen lassen und hatten mit Unlust und Widerwilligkeit zu kämpfen. Keiner wollte von verdächtigen Leuten in seinem Hause wissen, und manch besonders boshaft veranlagter Hausbesitzer meinte höhnisch, die Polizei sähe wohl wieder einmal Gespenster.

Aber Weigand und Feldau bezwangen die Mutlosigkeit und Mattigkeit, die sie befallen wollte, wenn auch die von dem vielen Treppensteigen zitternden und wankenden Beine sie kaum noch tragen konnten.

Schon war es 11 Uhr vorbei. Die Frage zwang sich immer gebieterischer auf, ob man die Recherchen nicht abbrechen und morgen in aller Frühe von Neuem beginnen sollte, denn man konnte doch schließlich nicht über Mitternacht hinaus die Nachtruhe der Hausbesitzer und ihrer Angehörigen stören. Ja, so leise und rücksichtsvoll man auch vorging, und so sehr man sich bemühte, jedes lautere Geräusch hintenanzuhalten, es ließ sich nicht vermeiden, dass die Nachbarn neugierig die Köpfe heraussteckten, wenn das Pochen an der Korridortür des Hauswirts die nächtliche Stille und Ruhe des Hauses unterbrach.

Aber der Gedanke, dass der Falschmünzer sich vielleicht schon anschickte, die Beweismittel seiner verbrecherischen Tätigkeit zu vernichten und selbst die Flucht zu ergreifen, stachelte die müden Lebensgeister immer von Neuem an und ließ die Beamten Ungemach und Verdruss geduldig ertragen.

Mit keuchender Brust und zunehmender körperlicher Mattigkeit und Abspannung setzten Weigand und Feldau ihre mühevolle und doch fruchtlose Arbeit fort. Es wurde ihnen von Haus zu Haus peinlicher, die Hausbesitzer herauszutrommeln, ihnen, wenn sie unwirsch öffneten, die Legitimationskarte zu zeigen und mit Fragen in die schlaftrunken, missmutig und widerwillig Auskunft gebenden Leute zu dringen.

Jetzt betraten sie wieder den Flur eines hohen, neun Fenster breiten Mietshauses. Mit seiner Taschenlaterne leuchtete der Kommissar zu dem »Stillen Portier«, der im Flur an der Wand hing, hinauf. Der Besitzer wohnte nicht im Hause, aber der Verwalter hatte seine Wohnung im ersten Stockwerk. Ächzend stiegen die beiden Beamten die Treppe hinauf. Die Zunge klebte ihnen am Gaumen, der Schweiß lief ihnen stromweise über das erhitzte Gesicht. Die Knie wollten fast den Dienst versagen. Das war das allerletzte Haus; dann hatten sie ihr Revier erledigt, ohne ihren Zweck erreicht zu haben. Auch von den andern Trupps war noch keinerlei Meldung eingegangen. Danach musste man annehmen, dass der Falschmünzer überhaupt nicht in der Ahlbecker Straße, sondern in einer der Nebenstraßen seine Werkstätte hatte.

Zum Glück war diesmal der Verwalter noch auf; er führte die beiden Kriminalbeamten, nachdem sie sich legitimiert hatten, in das Wohnzimmer, in dem sich ein erwachsenes, junges Mädchen, seine Tochter, befand. Der Mann war freundlicher als die meisten der anderen, bei denen die Beamten vorgesprochen hatten. Bereitwillig legte er die Liste der Mieter vor. Auch die Fragen, die der Kriminalkommissar an ihn richtete, beantwortete er in entgegenkommender Weise, leider befand sich unter den Mietern, über die er berichtete, und deren Äußeres er beschrieb, keiner, dessen Signalement mit dem des Lomnitz übereinstimmte.

»Aber sagen Sie,« stieß der Kommissar erschöpft, fast mutlos hervor, »haben Sie unter Ihren Mietern denn nicht einen einzelnen alten Mann im Alter von 60 Jahren? Es kann auch sein, dass er mit einer 30jährigen Frau mit frischem Gesicht, dunklen Haaren und schwarzen Augen zusammenwohnt?«

Der Verwalter sann vor sich hin, seine Tochter aber rief lebhaft: »Jawohl, im Vorderhause vier Treppen wohnt ein alter Herr – er hat nicht von uns gemietet, sondern ist Aftermieter. Die Wohnung ist von einer Frau Saaler, einer Witwe, gemietet. Herr Wendt, ihr Aftermieter, ist ein stiller, ruhiger, anständiger alter Herr, der keiner Fliege was zuleide tut. Er geht nur selten aus und scheint kränklich und schwächlich.«

Weigand und Feldau horchten hoch auf. Wendt und Saaler, das waren ihnen zwar unbekannte Namen, aber die Beschreibung, die die Tochter des Verwalters von dem alten Wendt gegeben, schien auf Lomnitz zu passen.

Hastig fragte Weigand weiter, wie der alte Mann aussähe, was er triebe, wovon er lebe. Der Verwalter antwortete, dass Herr Wendt offenbar einen Beruf nicht mehr ausübe, er mache den Eindruck eines Pensionärs. Er lebe jedenfalls sehr zurückgezogen und bescheiden. Was sein Aussehen beträfe, so sei er klein, hager und habe weißes Kopf- und Barthaar; auch scheine er etwas kurzsichtig zu sein.

In Weigand und Feldau flammten von Neuem Mut und Hoffnung auf und Müdigkeit und Unlust waren im Nu vergessen. Stand man endlich vor dem Ziel? Sollte der alte Mann, der sich unter dem Namen Wendt verbarg, mit Lomnitz identisch sein? Freilich, ein Fehlschlag war ja nicht ausgeschlossen, denn das Signalement, das der Verwalter gegeben hatte, war doch recht ungenau gehalten und mochte auf Dutzende von Greisen in der Nachbarschaft passen.

Dennoch gingen die beiden Beamten mit neuer Kraft an ihr Werk. Auf den Zehenspitzen schlichen sie beim Schein ihrer Taschenlaternen die vier Treppen hinauf. Oben angelangt, hieß der Kommissar seinen Begleiter an der Bodentreppe Stellung nehmen, während er selbst an die Flurtür der Wohnung, die ihm vom Verwalter als die der Frau Saaler bezeichnet war, herantrat. Er presste sein Ohr fest an die Tür, hörte aber zunächst nichts als sein ungestüm pochendes Herz.

Eine fieberhafte Spannung glühte in seinen Adern. Die nächsten Minuten mussten ja die Entscheidung bringen, ob die Mühen des Abends und die der vorausgegangenen Monate endlich von Erfolg gekrönt werden sollten oder ob man wieder einmal eine Enttäuschung zu verzeichnen hatte.

»Ruhe!«, raunte sich der Lauschende zu, seine Erregung mit der ihm eigenen Willenskraft bemeisternd.

Jetzt vernahm er deutlich das Rücken eines Stuhles und den Klang einer schwachen, zittrigen Männerstimme. Ob es die Stimme des Falschmünzers war, konnte Weigand nicht beurteilen, denn er kannte ja Lomnitz noch nicht.

Im nächsten Moment richtete er sich auf und klopfte leise dreimal hintereinander an die Tür, mit zwei längeren und kürzeren Pausen, in der Art, wie Verbrecher untereinander sich anzumelden, pflegten.

Nochmals ein Stuhlrücken, diesmal heftiger, lauter. Gleich darauf schlürften Schritte in weichen Schuhen in offenkundiger Hast heran. Zunächst ließ sich der Herankommende nicht vernehmen, sondern stand an der Tür still, abwartend, und schien mit sich zurate zu gehen, ob er öffnen oder ob er erst eine weitere Aufforderung von draußen abwarten sollte.

So standen die beiden, nur durch eine dünne Tür getrennt, während der eine auf dieser, der andere auf jener Seite das Ohr anlegte und angestrengt lauschte. Endlich ertönte die zittrige Stimme von vorhin: »Bist du's, Mariechen?«

Ohne einen Augenblick zu zögern, antwortete der Kommissar: »Nein. Aber ich bringe Nachricht von ihr. Schnell, öffne!«

Noch ein sekundenlanges Zögern von innen.

Weigand hatte seine völlige Ruhe und Selbstbeherrschung wiedererlangt. Er tastete rasch noch einmal nach der hinteren Hosentasche, um sich zu vergewissern, dass der Revolver an seinem Platze war.

Endlich wurde von innen die Sicherheitskette gelöst und der Schlüssel im Schloss umgedreht und im nächsten Moment wurde vorsichtig ein ganz klein wenig geöffnet.

Auf diesen Augenblick hatte sich der Kommissar vorbereitet. Mit kräftiger Hand drückte er die Tür zurück und im Nu hatte er den rechten Fuß zwischen Tür und Schwelle gestemmt. Darauf winkte er mit der Hand nach seinem Begleiter, der dem Vorgang mit steigender Spannung zugesehen, und trat in den Korridor. Von

rechts kam ein schwacher Lichtstreif durch eine halb ge-
öffnete Tür, auf die eine kleine, schmächtige Gestalt zu-
wankte.

Weigand folgte dem fluchtartig Zurückweichenden auf
dem Fuße und trat unmittelbar nach ihm in den nur
schwach durch eine Petroleumlampe erhellten Raum,
die rechte Hand am Kolben des Revolvers. Es war eine
Küche, die im Ganzen einen ärmlichen Eindruck machte. Auf der einen Seite befand sich die Kochmaschine,
seitwärts ein alter, dunkelangestrichener Küchenschrank
und ein Küchentisch; an der anderen Wand stand ein
Bett, von dem her die Atemzüge eines schlafenden kleinen Mädchens hörbar wurden. Unwillkürlich ließ der
Kommissar die Hand von der schussbereiten Waffe sinken. Nein, alles das machte nicht den Eindruck, als ob
Gewalttat und Gefahr drohte. Das von der Wärme des
Bettes rosig angehauchte Kinderantlitz mit den blonden
Flechten konnte eher als ein Symbol des Friedens und
der Unschuld gelten. Noch einmal stieg in dem Beamten
die kleinmütige Frage auf: War das nicht doch ein Miss-
griff? Befand er sich nicht auf falscher Fährte?

Da fiel sein Blick auf eine auf dem Herd liegende
Hand-Buchdruckwalze, und diesen Anblick nahm er als
ein gutes Vorzeichen. Seine Aufmerksamkeit wandte er
jetzt der schlottrigen Greisengestalt zu, die ihm geöffnet
hatte und ihn jetzt schreckensbleich, verstört, mit unruhig und angstvoll flirrenden Augen ansah.

Es war ein kleiner Mann mit schmalem, sorgenvoll
durchfurchtem, leidend aussehendem Gesicht, das einen, noch durch eine goldene Brille verstärkten nach-
denklichen, intelligenten Ausdruck zeigte.

Ein paar Sekunden lang herrschte vollkommene Stille, sodass die schweren, hastigen Atemzüge des Greises zu hören waren.

Der Kommissar, der die ganze Szenerie mit raschen Blicken in sich aufgenommen hatte, sprach jetzt mit halblauter Stimme: »Na, Wendt, wie steht's? Spangenberg schickt mich, warum er denn keine Scheine bekomme? Sind denn keine fertig?«

Der Angeredete erwiderte nichts; aber der Kommissar merkte, wie er zu zittern begann, wie seine Lippen sich stumm bewegten und vergebens eine Antwort zu formulieren sich bemühten, während ihm der Angstschweiß auf der Stirn perlte.

Kommissar Weigand hatte nicht den mindesten Zweifel mehr, dass er den Herd des Münzverbrechens entdeckt habe, und dass der so lange vergeblich gesuchte Falschmünzer vor ihm stand. Auge in Auge befanden sich die beiden gegenüber, der Beamte zwischen Tisch und Bett und der alte Verbrecher dicht am letzteren. Das Kind, das noch immer in dem tiefen Schlaf der Jugend lag, hatte keinerlei Bewusstsein von dem tragischen Vorgang, der sich unmittelbar vor ihm abspielte.

Der Kommissar trat jetzt dicht an den Greis heran, legte ihm seine Hand auf die Schulter und sagte, ihn durchdringend anblickend: »Lassen wir jetzt die Komödie! Das Leugnen würde Ihnen doch nichts helfen. Sie sind Lomnitz, den ich seit einem Jahr suche.«

Der Alte sank wie zerschmettert auf die Bettkante. Bis dahin hatte er wohl noch immer an dem vollen Ernst der Situation gezweifelt. Jetzt aber erkannte er, dass keine

Hoffnung mehr war, und dass sich sein Schicksal erfüllte.

Tränen stürzten aus den Augen des Greises, der nunmehr wusste, was diese Szene für ihn bedeutete. Seine Hände mit verzweiflungsvoller Gebärde erhebend, rief er: »Verrat! Verrat! Sie sind der Kriminalkommissar Weigand.« Und nach einer kurzen, beklemmend stillen Pause fügte er in dumpfem, ersterbendem Ton hinzu: »Ich wusste ja, dass Sie kommen würden.«

Die beiden Männer hatten sich noch nie gesehen; sie hatten nur voneinander gehört und seit Langem schon hatten beide, jeder in anderer Art, ein lebhaftes Interesse füreinander empfunden. Der Kommissar, der in jahrzehntelangem Kampfe mit der Verbrecherwelt gehärtet war, konnte sich doch des Eindruckes dieser eigenartigen, beklemmenden Situation nicht erwehren: ringsum nächtliche Stille, ein ungastlicher, nur notdürftig von dem kargen Schein einer Küchenlampe erhellter Raum, ein friedlich, ahnungslos schlummerndes Kind und der schluchzende, greise Verbrecher, dessen Schicksal besiegelt war, der sich wohl heute zum letzten Mal seiner Freiheit erfreut hatte!

Freilich, nur wenige Sekunden gab sich der Kriminalist der in ihm erregten, sentimentalen Stimmung hin. Dann nahmen wieder Entschlossenheit und Tatkraft von ihm Besitz.

Er trat auf den Korridor hinaus, wo Feldau Wache hielt, teilte ihm kurz den Sachverhalt mit, und beauftragte ihn, die anderen drei Patrouillen zu benachrichtigen und zwei Mann mitzubringen. Dann kehrte er in die

Küche zurück; Lomnitz saß noch immer auf dem Bett, ein Bild völliger Gebrochenheit; schwere Seufzer stiegen aus der dumpf atmenden Brust herauf, und die Tränen strömten ihm noch immer über das bleiche, eingefallene, durchfurchte Gesicht.

Weigand konnte sich einer Empfindung des Mitleids nicht erwehren. Der alte Mann hatte bessere Tage gesehen; wer weiß, welche traurigen Erfahrungen und Schicksalsschläge ihn zum Verbrecher gemacht hatten, welche quälenden Kämpfe er hinter sich hatte! Lichte Tage würde es für ihn nun wohl nie wieder geben; die düsteren Schatten des Gefängnisses nahmen ihn bald für immer auf. Der Rest seines Lebens war ohne Freude, ohne Liebe, ohne Hoffnung.

Bei seinem Eintreten in die Küche hatte der Kommissar ein paar Bierflaschen auf dem Fensterbrett stehen sehen. Er trat jetzt rasch heran, ergriff eine der Flaschen und reichte sie dem Alten.

»Da nehmen Sie, Lomnitz! Sie sind angegriffen. Trösten Sie sich mit einem Schluck! Und dann werden wir an unsere Arbeit gehen als Männer, die ihrem Geschick ins Gesicht sehen und die sich mit ihm abfinden müssen.«

Der Greis nahm die Flasche, deren Verschluss der Kommissar bereits entfernt hatte, mit dankbarem Blick. Aber bevor er sie an die Lippen setzte, sagte er.

»Auch Sie, Herr Kommissar, werden einer Stärkung bedürfen. Sie haben noch eine große Arbeit vor sich. Sie werden alles finden, was Sie erwartet haben. Ja, Sie haben einen guten Fang gemacht, und dürfen sich nun wohl eine Pause und etwas Ruhe gönnen. Nehmen Sie!«

Er deutete nach dem Fensterbrett hin, und Weigand ließ sich nicht nötigen. Er fühlte jetzt, da die erste Aufregung des Erfolges vorüber war, von Neuem die Folgen des stundenlangen Suchens, treppauf, treppab, und der durchlittenen Gemütserregungen. Er nahm eine der Flaschen und setzte sich auf einen hölzernen Küchenstuhl, und so leerten sie jeder, der Polizeibeamte und der Verbrecher, in friedlichem Beieinander ihre Flaschen. Wenn ein Unbeteiligter plötzlich eingetreten wäre und die Szene beobachtet hätte, er hätte wohl eher alles andere als den wahren Charakter der Situation vermutet.

So pflegen sich im wirklichen Leben auch Szenen von ergreifender Tragik viel schlichter und natürlicher abzuspielen, als die künstliche Aufbauschung im Roman und Drama es darzustellen beliebt.

Der Kommissar erhob sich. Nun hieß es, der dienstlichen Pflicht zu genügen und die kriminelle Handlung, die ihn hierher geführt hatte, zum vorläufigen Abschluss zu bringen. Es galt, die Ernte der monatelangen Bemühungen, die ihn und seine Leute in beständigem Atem erhalten, zu sichern und einzubringen ...

Zuerst wurde in der Küche nähere Umschau gehalten, aber hier fand sich nichts von Belang. Dann nahm der Kommissar die Küchenlampe und trat damit in den Korridor hinaus. Nicht ein einziges Mal während der Zwiesprache mit dem Falschmünzer hatte er an etwaige Gehilfen des Verbrechers und an irgendwelche Gefahr gedacht. Nun gewahrte er, während er den Korridor ableuchtete, einen starken, baumlangen Menschen, der sich in die dunkle Ecke zwischen Korridor und der offenstehenden Flurtür gedrückt hatte und der nun von dem erstaunten Kommissar beleuchtet, förmlich in sich zusammensank.

Der Goliath hatte wenig Imponierendes und wenig Bedrohliches.

Weigand musste laut lachen, als er die krampfhaften Bemühungen des großen Menschen gewahrte, der zusehends kleiner wurde und am ganzen Leibe wie Espenlaub zitterte. Er fasste den Feigling am Rockkragen und sagte jovial, im Scherzton: »Na, Onkelchen, kommen Sie doch mal 'n bisschen hervor!«

Aber der Ertappte war ganz fassungslos und nicht imstande, Rede und Antwort zu stehen.

Gut gelaunt, wie der Kommissar in seiner gehobenen Stimmung war, wartete er geduldig ab, bis der Verdutzte wieder zu sich gekommen war und zu antworten vermochte.

Er heiße Bender, Nikolaus Bender, sei Kaufmann und stamme aus Russland. Er sei bei Lomnitz zu Besuch; im Übrigen wisse er von dessen Treiben nichts, sondern habe ihm nur Grüße von einem gemeinsamen Freunde in Riga überbracht.

Der Kommissar nickte vergnügt.

»5o, so! Na, es wird sich ja zeigen, was für ein Bruder Sie sind. Einstweilen leisten Sie uns wohl ein bisschen Gesellschaft. Wir müssen erst noch näher miteinander bekannt werden.«

In diesem Moment ließen sich Schritte von der Treppe her vernehmen. Es war Feldau, der mit zwei Kollegen zurückkam. Der Fremde, dessen Tracht – er trug halblange Stiefel, in dessen Schäfte er die bauschigen Hosen gestopft hatte – ihn in der Tat als Russen legitimierte, wurde dem einen der beiden Kriminalschutzleute übergeben. Die anderen Beamten begaben sich unter Führung von Lomnitz in das große Vorderzimmer, das, wie sich zeigte, dem Falschmünzer als Werkstätte gedient hatte.

Es war charakteristisch für Lomnitz und kennzeichnete den großen moralischen Abstand, der zwischen ihm und Spangenberg bestand, dass er auch nicht den leisesten Versuch machte, zu leugnen und seine Handlungen zu beschönigen.

»Da haben Sie die ganze Bescherung!«, sagte er zu dem ihm auf den Fuß folgenden Kommissar und deutete in die Stube hinein. Der Anblick war frappierend. Quer durch das ganze Zimmer waren dünne Stricke gezogen, auf denen die noch feuchten, eben angefertigten Fünfmarkscheine zu Hunderten hingen. In der Mitte des Raumes stand eine Kupferdruckpresse, und auf derselben lagen zwei Kupferplatten, die die beiden Seiten eines Fünfmarkscheines in sauberstem Stich zeigten.

Während die Beamten in staunender Bewunderung, voll Interesse und befriedigter Genugtuung alles in Augenschein nahmen, trat Lomnitz mit hastigem Schritt an einen kleinen, in der Ecke stehenden Tisch, auf den: Mehrere Flaschen standen. Mit plötzlichem Griff hatte er eine der Flaschen gefasst und ließ sie blitzschnell in seine Tasche gleiten.

Aber Feldau hatte die Manipulation des Greises wahrgenommen. Rasch trat er an ihn heran, zog ihm das

Fläschchen aus der Tasche und überreichte es seinem Vorgesetzten.

Der Kommissar öffnete den Flakon; er enthielt eine scharfe Säure, Lomnitz bestritt nicht, dass er die Absicht gehabt hatte, sich zu vergiften, um sich so der strafenden Gerechtigkeit zu entziehen.

»Ich bin ein verbrauchter, alter Mann«, sagte er mit zitternder, seine tiefe Gemütsbewegung wiedergebender Stimme. »Meine Kinder schämen sich meiner, das werden Sie ja wissen, Herr Kommissar. Das Zuchthaus werde ich ja doch nicht mehr lebend verlassen. Da könnten Sie mich ebenso gut gleich in einen Sarg legen und begraben lassen.«

Nachdem der Kommissar dem Polizeiagenten gewinkt hatte, den verzweifelten, greisen Verbrecher scharf im Auge zu behalten, ging er an die weitere Besichtigung der im Zimmer befindlichen Gegenstände.

Rings um die Druckmaschine waren allerlei Kästen und Behälter aufgestellt, die verschiedene Materialien enthielten, die zu früheren Versuchen benutzt worden waren: fotografische Gelatineplatten, Kupferplatten mit galvanischem Niederschlag und außerdem eine ganze Anzahl misslungener Falsifikate. Den überraschendsten und einen ganz unerwarteten Fund machte der Kommissar in zwei großen, sauber eingewickelten, in einer Kiste verpackten Kupferplatten, auf denen sich in tadellosem Stich die zwei Seiten einer russischen 25-Rubel-Note befanden. In derselben Kiste lagen auch einige teils halbgedruckte, teils fertige, ausgezeichnet gelungene 25-

Rubelscheine, die offenbar mittels dieser Platten hergestellt waren.

»Aha«, bemerkte der Kommissar schmunzelnd, »nun wissen wir auch, warum der Herr Russe Ihnen seinen Besuch gemacht hat, Lomnitz.«

Und abermals einen der mit erstaunlicher Vollkommenheit angefertigten 25-Rubel-Scheine betrachtend, setzte er mit ehrlicher Überzeugung und aufrichtigem Gefühl hinzu: »Sie sind wahrhaftig ein Künstler, Lomnitz. Schade, schade um Sie!«

Während die Beamten noch weiter in allen Ecken und Winkeln herumstöberten, machte Lomnitz einen weiteren Selbstmordversuch. Er stürzte plötzlich nach dem nächsten Fenster hin und wäre auf die Straße hinabgesprungen, wenn ihn Feldau nicht noch im letzten Moment zurückgerissen hätte.

Kommissar Weigand hielt es an der Zeit, die Haussuchung, die ein so großartiges, zufriedenstellendes Ergebnis gehabt hatte, zu beendigen und die Verhafteten in Sicherheit zu bringen.

Noch war ja das Leben des alten Lomnitz kostbar, noch hatte er verschiedene Aufschlüsse zu geben, die für die Beurteilung und völlige Aufklärung des Münzverbrechens von Wert waren.

Die kleine Schläferin, die achtjährige Tochter der Witwe Saaler, wurde geweckt und musste sich ankleiden.

Weigand ließ zwei weitere der Beamten, die unten auf der Straße warteten, hinaufkommen. Sie erhielten den Auftrag, in der Falschmünzerwerkstatt zu bleiben und etwaige Besucher festzunehmen.

Die übrigen Beamten nahmen Lomnitz und den Russen Bender in ihre Mitte. Auf der Straße wurden zwei Autodroschken angerufen, die die ganze Gesellschaft nach dem Polizeipräsidium brachten.

Der Kriminalwachtmeister, der an der Expedition teilgenommen, erbot sich, die kleine Saaler in seine Familie aufzunehmen, bis sie ins Waisenhaus gebracht oder ihrer Mutter wieder übergeben werden konnte.

Es war ein köstliches Gefühl tiefster Befriedigung, das den Kriminalkommissar durchströmte, als er um zwei Uhr morgens nach seiner Wohnung zurückkehrte. Er hatte das erhebende Bewusstsein, dem Staat und der Allgemeinheit einen guten Dienst erwiesen zu haben, indem er durch Beharrlichkeit und durch geduldige, mühsame Arbeit einen Verbrecher unschädlich gemacht hatte, durch dessen Geschicklichkeit viele Menschen geschädigt worden waren.

Siebzehntes Kapitel.

Das Ende

Der Chef der Kriminalpolizei nahm am andern Vormittag den Bericht des Kommissars mit großem Interesse und mit sichtlicher Befriedigung entgegen.

»Ich danke Ihnen, lieber Weigand«, sagte er, ihm herzlich die Hand reichend. »Sie haben sich wieder einmal ausgezeichnet bewährt. Ich werde nicht verfehlen, Ihre Verdienste in dieser wichtigen Sache geeigneten Orts bekannt zu geben und hoffe, Ihnen die verdiente Belohnung für Ihren Eifer bald überreichen zu können.«

Kommissar Weigand schmunzelte vergnügt. Wenn er auch den idealen Erfolg, den er erzielt hatte, bereits als schönen Lohn für seine Mühen empfand, eine klingende Anerkennung in blanken Goldstücken war bei dem knappen Gehalt nicht zu verachten.

Die nächste Anordnung, die er traf, war die Inhaftnahme Elise Mertens und Kaumannes; denn dass die erstere in die Falschmünzersache eingeweiht gewesen und dabei Hilfe geleistet hatte, war anzunehmen.

Das Verhör des Lomnitz brachte fast die völlige Aufklärung, auch über die Punkte, die der Behörde bis dahin noch dunkel geblieben waren.

Spangenberg war der »*spiritus rector*« des Münzverbrechens, wie Weigand ganz richtig vermutet hatte, nachdem er in die Akten des Lomnitz und Spangenbergs gründlich Einsicht genommen und sich über ihr Vorleben durch sonstige Erkundigungen genau informiert hatte.

Spangenberg hatte den Lomnitz nach seiner Entlassung aus dem Zuchthause, in dem sie miteinander bekannt geworden, aufgesucht, um ihn zur Anfertigung von falschen Fünfmarkscheinen zu verleiten.

Lomnitz hatte anfänglich heftigen Widerstand geleistet; aber als er nach dem Besuch Kerners aus der Familie seiner Tochter, mit Bitterkeit und mit Mutlosigkeit erfüllt, ausgewiesen und von seinem Sohne in so demütigender Weise behandelt worden war, hatte er Spangenbergs Drängen nachgegeben.

Nachdem er in dem Chambre garnie, in dem er zuerst gewohnt, die nötigen Vorbereitungen getroffen, war er zu der Witwe Saaler gezogen, um hier die Arbeiten, die ganze Monate in Anspruch genommen, abzuschließen und zur Herstellung neuer falscher Scheine überzugehen.

Die Witwe Saaler kenne er von ihren Besuchen im Zuchthause her, in dem ihr Mann, ein damaliger bankrotter Kaufmann, wegen Wechselfälschung und Betrug gesessen und schließlich an Schwindsucht gestorben war. Er – Lomnitz – sei in der Lage gewesen, dem Kranken verschiedene Dienste und Erleichterungen gewähren zu können, und so habe die Saaler sich ihm zu Dank verpflichtet gefühlt, und habe seiner Bitte, ihm Unterkunft zu geben und ihn unter einem falschen Namen anzumelden, stattgegeben. Das sei aber auch alles, was von der Behörde der jungen Witwe, die eine durchaus anständige, ehrenhafte Person sei, vorgeworfen werden könnte. An seiner Tätigkeit als Falschmünzer habe sie keinen Anteil, ja, sie habe nicht einmal gewusst, was seine Arbeiten zu bedeuten gehabt hätten.

Dass Lomnitz bei dieser letzteren Aussage von seiner im übrigen bewiesenen Wahrheitsliebe abgewichen war, erschien dem verhörenden Kriminalkommissar zweifellos. Sicher war es ein edles Motiv, das den Verbrecher antrieb die Frau, die er wahrscheinlich unter Spangenbergs Einfluss in sein verbrecherisches Treiben gezogen, möglichst zu entlasten.

Auf die Frage des Kommissars, wie denn Spangenberg, der doch der Generalvertreiber der Fünfmarkscheine gewesen, in den Besitz der Falsifikate gelangt sei, erwiderte der Falschmünzer, dass Spangenberg sich die fertigen Scheine von ihm – Lomnitz– abgeholt habe. Auch als Weigand ihm auf den Kopf zusagte, dass das eine Lüge wäre, da ja Spangenberg schon seit Monaten beobachtet worden sei, und dass man in diesem Falle die Falschmünzerwerkstatt längst entdeckt haben würde, blieb Lomnitz bei seiner früheren Aussage und bei seiner Behauptung, dass die Saaler unschuldig sei.

Der Kommissar erzählte ihm nun von dem Tête-à-Tête Spangenbergs mit der Saaler im Chambre-separée. Da lief ein schmerzliches Zucken über das Gesicht des Greises, aber er erwiderte nichts, sondern bewegte nur resigniert seine Schultern. Betreffs des Russen Bender erklärte Lomnitz, dass dies ein Freund des Spangenberg sei. Und auch von Spangenberg sei die Idee ausgegangen, russische Banknoten zu verfertigen. Bender hätte die Vermittlung und den Absatz nach Russland übernehmen sollen. Von diesem letzteren Unternehmen hätte sich er sowohl wie Spangenberg einen weit größeren Erfolg versprochen, als sie mit den armseligen Fünfmarkscheinen gehabt hätten, für die er von Spangenberg 1 ½ Mark pro Stück erhalten habe.

Bender habe bereits die besten Verbindungen in Russland angeknüpft und mit russischen Bankbeamten in Unterhandlungen gestanden, die die falschen 25-Rubel-Scheine in größerer Anzahl in Zirkulation bringen wollten. Auf diese Weise habe er und Spangenberg gehofft, sich in kurzer Zeit ein Vermögen zu erwerben, das ihnen die Flucht nach Amerika ermöglichen sollte. Nun sei es freilich anders gekommen und sein »Amerika« würde nun das Zuchthaus sein, in dem er für den Rest seiner Tage Zuflucht finden werde.

Die Wohnung der Saaler wurde drei Tage lang observiert – ohne weiteren Erfolg.

Auch die Haussuchung bei Spangenberg ergab nichts, das seine Teilnahme an dem Münzverbrechen hätte beweisen können. Er war eben ein schlauer Fuchs, der immer auf alle Eventualitäten vorbereitet gewesen.

Wenn ihm nicht sein leidenschaftlicher Hang nach dem weiblichen Geschlecht einen Streich gespielt hätte – es hätte noch lange dauern können, bis es der Kriminalpolizei gelungen wäre, das von ihm ins Werk gesetzte und geleitete Münzverbrechen völlig aufzudecken.

Als der Tag der Schwurgerichtsverhandlung der Falschmünzersache gekommen war, saßen im ganzen neun Personen auf der Anklagebank: Lomnitz, Spangenberg, Kaumann, Barth, Schmidt, Frau Saaler, Elise Merten, Bender und Möller sen. Der Sohn des letzteren, Hermann Möller, hatte im Untersuchungsgefängnis durch Erhängen seinem Leben ein Ende gemacht.

Spangenberg leugnete hartnäckig und forderte immer wieder mit spöttischer Ironie, man solle ihm doch etwas beweisen.

Lomnitz nahm von dem Geständnis, das er bei seiner Verhaftung dem Kriminalkommissar abgelegt hatte, nichts zurück. Er gestand offen alles ein und versuchte nicht, seine Schuld im geringsten zu leugnen oder auch nur zu beschönigen. Freilich, er blieb auch diesmal dabei, dass die Saaler nicht schuldig sei und von seinem verbrecherischen Treiben nichts gewusst habe. Wenn auch die in der Sache tätig gewesenen Kriminalbeamten mit aller Entschiedenheit die Ansicht verfochten, dass die Übersendung der Falsifikate von Lomnitz an Spangenberg nur durch die Vermittlung der Saaler und der Merten stattgefunden haben könne, wurden die beiden Frauen doch aus Mangel an Beweisen von den Geschworenen für nichtschuldig erklärt.

Lomnitz und Spangenberg erhielten jeder zehn Jahre Zuchthaus.

Kaumann, der im Grunde viel schuldiger war, als die von ihm mit gefälschten Geldscheinen versehenen Barth und Genossen, erhielt nur Gefängnisstrafe wegen Anstiftens zum Verausgaben des Falschgeldes, da ihm eine Verausgabung der falschen Scheine nicht nachgewiesen werden konnte.

Die anderen, die alle der Verausgabung von Falschgeld für überführt befunden wurden, sämtlich dem Gesetz gemäß zu Zuchthausstrafen verurteilt. Bender wurde nach Russland abgeschoben.

Marie Saaler und Elise Merten wurden zu gleicher Zeit freigelassen. Während die letztere aus der Untersuchungshaft wieder nach ihrer komfortablen Wohnung in der Albertstraße zurückkehrte, tötete sich die erster, durch das harte, gegen Lomnitz ausgesprochene Urteil völlig gebrochen und gefoltert von heftigen Gewissensbissen, noch an demselben Tage durch einen Sprung ins Wasser. Ihr Töchterchen wurde dem Waisenhaus übergeben.

So endete, die große Falschmünzeraffäre, die einen Teil der Kriminalpolizei unter ihrem erfahrensten und geschicktesten Kommissar Monate hindurch beschäftigt

hatte, für die ergriffenen Verbrecher mit recht empfind-
lichen, aber wohlverdienten Strafen.

Lomnitz war der einzige unter ihnen, der wegen seines
offenen, bescheidenen Auftretens und seiner äußeren,
Mitleid einflößenden Erscheinung beim Publikum lebhafte Sympathie erweckt hatte. Dass der greise, hinfälli-
ge Mann nur einen kleinen Teil der ihm zudiktierten
Strafe würde abbüßen können, war jedem, der ihn während der Verhandlung beobachtet hatte, klar.

Ein erfreuliches Resultat hatte die Falschmünzersache
für den Kriminalkommissar Weigand und für den Polizeiagenten Feldau. Der erstere erhielt vom Reichsbank-
direktorium eine Prämie von 1000 Mk., und der letztere
eine solche von 400 Mk. Außerdem wurde Feldau zum
Kriminalschutzmann befördert.

Zwei Monate später fand eine neue Schwurgerichtsverhandlung gegen Spangenberg wegen Ermordung
seines Mitschuldigen Kerner statt.

Der raffinierte Verbrecher hatte diesmal eine andere
Taktik gewählt. Er ließ sich überhaupt nicht auf irgendwelche Beantwortung der an ihn gestellten Fragen ein,
sondern er griff zu dem alten Mittel gewiegter Verbrecher, sich der verdienten Strafe zu entziehen: Er spielte
den »wilden Mann«.

Schon während der Untersuchung hatte er Irrsinn si-
muliert; ganze Stunden lang hatte er wie stumpfsinnig
da gesessen, mit blödem, irren Lächeln vor sich hinstar-
rend; dann wieder hatte er sich in Positur gesetzt, hatte
erklärt, dass er der Sultan Abdul Hamid sei und hatte

dem Untersuchungsrichter mit hoheitsvoller Gebärde allerlei unsinnige Befehle erteilt.

Freilich seine Schuld war so gut wie erwiesen. Durch das Bratzsche Dienstmädchen wurde festgestellt, dass Kerner am Abend vor dem Tage, als sein Leichnam von den Marktleuten auf dem Felde an der Königs-Chaussee gefunden worden war, bei Spangenberg zu Besuch geweilt hatte. Das Mädchen hatte an der Tür gelauscht und die Worte, der zwischen den beiden alten Zuchthäuslern laut und erregt geführten Unterhaltung, die sie erhascht hatte, ließen erkennen, dass Kerner eine Art Erpressung bei Spangenberg versucht hatte.

Der Verdienst, den er selber durch Verausgabung der falschen Scheine erübrigte, die er durch Vermittlung Kaumanns erhielt, erschien ihm nicht genügend und so hatte er Kaumann so lange listig nachgespürt, bis er auf Spangenbergs Spur, als des Haupt-Vertreibers, gelangt war.

Nun hatte er Spangenberg Daumenschrauben angesetzt: Wenn Spangenberg ihm nicht die Hälfte seiner Einnahmen abtrete, so werde er – Kerner – die ganze Sache »verpfeifen«. Verraten.

Spangenberg war anscheinend auf Kerners Ansinnen eingegangen, hatte ihn aber offenbar durch irgendwelche Vorspiegelung zu bewegen gewusst, mit ihm den Weg nach der Königs-Chaussee, die nach dem Vorort Mariensee führte, einzuschlagen.

Das Dienstmädchen hatte gesehen, wie sie beide zusammen Spangenbergs Wohnung verlassen hatten.

Die Aussagen des Kriminalschutzmanns Feldau und seiner ihm inzwischen angetrauten Frau Käthe geb. Wagner, die beide die an der Mordstelle gefundene Krawattennadel mit dem Rubinherz als Eigentum Spangenbergs rekognoszierten, ließen keinen Zweifel daran, dass Spangenberg seinen Genossen Kerner während des gemeinschaftlichen Ganges über das dunkle Feld ermordet hatte, um sich des gefährlichen Erpressers zu entledigen.

Spangenberg spielte den Irrsinnigen mit so großer Geschicklichkeit, dass Richter und Sachverständige sich täuschen ließen.

Die Verhandlung wurde abgebrochen und der Simulant einer Anstalt zur Beobachtung übergeben. Vier Wochen später gelang ihm, wie festgestellt wurde, durch Hilfe von außen, die Flucht aus der Irrenanstalt.

Dass Elise Merten die Befreierin gewesen, war anzunehmen, denn acht Tage später wurden beide auf einem in London landenden Dampfer erkannt.

Spangenberg sprang, als er festgenommen werden sollte, in die Themse. Als rüstiger Schwimmer versuchte er, das andere Ufer zu erreichen. Als er aber sah, dass man dort von dem Dampfer aus auf ihn aufmerksam gemacht worden, und dass ein Entrinnen nicht mehr möglich war, tauchte er unter und kam nicht wieder zum Vorschein. Erst drei Tage später wurde seine Leiche aufgefischt.

Elise Merten machte im Untersuchungsgefängnis ihrem Leben durch Erhängen ein Ende.

So hatte das Münzverbrechen, das größte seit vielen Jahren in Deutschland, vier Menschenopfer gefordert, abgesehen von Lomnitz, der im Zuchthaus seinem nahen Tode entgegensieht.